Gabriela Sieber-Trüeb

Im Dunkeln tippen

Texte aus dem blinden Fleck

© 2015 Gabriela Sieber

Herstellung und Verlag:
BoD – Books on Demand, Norderstedt

ISBN: 9783734755064

*Ich habe eine Schwelle überschritten,
nicht die Richtung geändert.*

Simone Weil

Ulysses, dieser schlaue Held der griechischen Mythologie, der seiner Mannschaft die Ohren mit Wachs zustopfen lässt, um nicht in die akustischen Fänge der Sirenen zu geraten und für immer von den Tiefen des Ozeans verschlungen zu werden. Ein Held? Für mich wohl eher ein Feigling, der sich selber um ein grosses Vergnügen bringt aus Angst, ein Risiko einzugehen. Wäre Ulysses wirklich schlau gewesen, hätte er vor seiner Reise Gesangsstunden genommen und gelernt, noch schöner als die verführerischen Sirenen zu singen. Diese hätten bei seinem Gesang in völliger Verzückung ihr eigenes Lied vergessen und auch ihre böswillige Absicht.

Ich kann Ulysses verzeihen. Wie die meisten Menschen hat er eine Menge Wachs im Reisegepäck, um alles unter Kontrolle zu halten. Wer nichts hört, riskiert nichts. Wer jedoch seiner Angst voraussingt, kann nicht untergehen. Er schenkt der unsterblichen Schönheit Gehör.

In der Anderswelt

*Nachts
wenn Dunkelheit
meine Dunkelheit erlöst
wirft die Musik
ihr Notenkleid ab
verzauberter Sternenstaub
schäkert mit dem Licht
das wird
und Blindheit fällt
wie Schuppen von den Augen*

Eine während 10 Jahren fortschreitende Netzhautzerstörung, die als Folge eines juvenilen Diabetes auftrat, führte in meinem 47. Lebensjahr zur vollständigen Erblindung. Ich hatte mich frühzeitig auf diesen Moment vorbereitet: Als die Sehbehinderung massiv in mein Leben einzugreifen begann, gab ich die beruflichen Tätigkeiten auf, um mich so lange wie möglich im eigenen Atelier malend austummeln zu können. In dieser Zeit erwarb ich mir die Fähigkeit, die speziell für Blinde und Sehbehinderte entwickelten Sprechprogramme des Computers zu nutzen. Mir war bewusst, dass mir dafür im Moment der Erblindung keine Kraft mehr zur Verfügung stehen würde. Ich hatte immer viel geschrieben. Neben dem Malen gehörte das Schreiben zu jenen Ausdrucksformen, die mich glücklich machten. Dieses Glück wollte ich mir erhalten.

Die Texte stammen aus dem ersten Lebensjahr jenseits der Lichtschranke.

Erster Ausflug
Es gehört wohl zu den verrückten Zeiten, die ich durchlebe, dass ich zwei Wochen nach meiner Erblindung heute Abend in der Fondation Beyeler in Riehen die Ausstellung von Henri Rousseau besuchen werde. Besonders freut mich, dass der Perkussionist Pierre Favre den Anlass mit seinen Klängen verzaubern wird. So werde ich in der Anderswelt alles sehen, was an den Wänden hängt. Ich bin ganz fest entschlossen, meiner Blindheit nicht alle Vergnügen zu opfern. und lasse mich auch nicht durch die Tatsache entmutigen, dass mein Mann auf dem Weg zum Bahnhof plötzlich lachend feststellt: Du hast die Schuhe verkehrt angezogen. Der Schuhwechsel auf einem winterkalten Bahnsteig ohne Sitzgelegenheit wird für mich zum akrobatischen Hochseilakt. Von diesem Moment an tragen meine Schnürsenkel des rechten Schuhs immer einen tastbaren Knoten.

Schrei
Der Schrei des Entsetzens, den mein Vater ausgestossen hat, als ich ihm am Telefon meine Erblindung mitteilte, sitzt immer noch tief in meinem Ohr. Es ist der Schrei des Verlustes, des Wissens um die rabenschwarzen Momente des Lebens, das fensterlose Gefängnis, die Einsamkeit. Mein Vater ringt nach Atem, muss das Gespräch abbrechen. Er stürzt sich ins Auto und fährt los. Wird er nun einen Unfall machen? Oder sonst eine Dummheit? Es wird mehr als ein Jahr dauern, bis mein Vater den Mut finden wird, mich zu besuchen.

Wort zur Nacht
Manchmal schliessen Menschen die Augen, damit sie andern aufgehen.

Der Brief
So kommt es mir vor: Am Tag meiner Erblindung habe ich mehrere an mich adressierte Briefe mit dieser Botschaft zur Post getragen: Du bist blind. Diese Briefe sind jetzt unterwegs. Ich frage mich, wann ich den ersten in Händen halten werde und ganz verzweifelt spüre: Jetzt bin ich blind. Durchschnittlich dauert es fünf Jahre, bis der letzte Brief angekommen sein wird. Ich werde dann blind sein, wenn die Sehenden vergessen, dass ich blind bin.

Ostern
Seit mehr als 6 Wochen habe ich das Atelier nicht mehr betreten. Nun ist es Zeit, diesen Schritt zu tun. Ich zittere am ganzen Körper. Ich bin bei mir zu Hause und doch im Exil. Wenn beides zusammenfällt, ist das ein grosser Schmerz. Letztlich wird es auf die Exilfähigkeit ankommen.

Tränen
Ich bitte meinen Mann, mir den Rundbrief an die Sehenden vorzulesen. Es ist ein Text, mit dem ich mich von der Welt der Sehenden verabschiede. Ich erzähle darin die Geschichte des Bildes «Rite de passage à Guye Siaré». Dazu werden die Künstlerfreunde das Lied Sama von Ahura erhalten. Mein Mann kann nicht lange lesen, dann kommen uns beiden die Tränen. Dieses gemeinsame Weinen hat so gut getan. Ich bin froh, dass auch er den Schmerz hat zulassen können. Es war der richtige Moment. denn sein Herz hat den Rhythmus beinahe verloren – und das wegen mir.

Ebikon, im April 2010

Liebe Sehende
Meine Bitte um ein letztes gutes Bild wurde erhört: Ich durfte den ganzen Januar hindurch an meinem Bild «Rite de passage à Guye Siaré» arbeiten. Noch einmal verbrachte ich Stunden voller Glück und Freude in meiner Kathedrale aus Licht oben auf dem Bueri-Hügel im Atelier.

Am 17. Februar begann ich mit dem letzten Motiv, der Rosette über dem tanzenden Paar. Als ich nach Hause kam, bestellte ich speziell für diese vorskizzierte Rosette neue Farben und ganz feine Pinsel. Diese Rosette war eigentlich nicht geplant, sie wollte an diesem Tag auf das Bild. Natürlich zögerte ich bei der Bestellung der Farben und Pinsel, fragte mich wie immer, ob sich deren Anschaffung noch lohnen würde. Aus Treue zum Leben habe ich es dennoch getan.
Am 19. Februar blutete meine Netzhaut sehr stark und eine Woche später war mir klar: Es ist soweit – ich bin blind. Das kleine klare Sehsegment in der Makula wächst jetzt auch noch zu. Die innere Klarheit dieses Wissens hat mich ganz still und leise in die Dunkelheit entlassen. Am dritten Tag nach der Erblindung lag im Briefkasten das

Paket mit den Farben und Pinseln. Ich werde dieses Bild nun nicht mehr fertig malen können. In meinen Händen halte ich die neuen Farben wie eine Verheissung: Alles geht weiter, nur anders. Die Welt der Sehenden – eure Welt – habe ich verlassen. Ich lebe fortan in der Anderswelt.

Der im 13. Jahrhundert lebende persische Dichter und Mystiker Rumi sagt treffend:

«Wie kommt es, Freund, dass ich die Welt durch deine Augen sehe, ohne dich zu sehen?»

«Lange habe ich meine Liebe hinter Bildern versteckt; damit ist nun endgültig Schluss.»

Eure Gabriela

Traurige Blicke
Sie sind selbst für eine Blinde schwer zu ertragen, diese Blicke voller Trauer, die mir die Menschen zuwerfen, wenn ich ihnen von meiner Erblindung erzähle. Ich möchte nicht, dass die Menschen meinetwegen traurig sind.

Es geht weiter
Tatsächlich habe ich schon zwei kleine Kunstwerke geschaffen: Einen Scherenschnitt und eine Alu-Drahtfigur. Es juckt mich in den Händen.

Wort zur Nacht
Das Leben will mich wohl um die Ecke bringen, aber meine Erde ist immer noch rund.

Resonanz
Ich mache eine neue Erfahrung am Konzert von Vieux Farka Touré im Moods am 1. April. Wir sitzen vor der Bühne, sehr nahe an den Musikern. Mein ganzer Körper ist auf Empfang. Die Djembé-Wel-

len und die Maliblues-Wogen kommen auf mich zu und lassen den Körper vibrieren. Der Raum ist von einer unglaublichen Dichte. Die Luftmoleküle, Photonen und Pheromone zwirbeln nur so durch die Sphäre. Ich sende Millionen von Pingpongbällen aus und eine unsichtbare Hand wirft sie zu mir zurück. Und dann weiss ich plötzlich: Mein Musikerfreund ist in diesem Raum. Und tatsächlich kommt er mich am Ende des Konzerts begrüssen. So langsam werde ich wohl verrückt oder lerne die Kommunikation der Anderswelt kennen. Das wird ja spannend!

Brief 1
Der erste Brief mit der Botschaft «blind» ist angekommen. Das erste Mal hatte der Musiker auf der Bühne kein Gesicht. Da ich ihn zu sehenden Zeiten nie zu Gesicht bekam, bleibt mir auch keine Erinnerung an ihn. Menschen ohne Gesicht, was für ein trauriger Anblick für mich und meine Seele! Ich erhole mich nur schwer von diesem Entsetzen.

Brief 2
Der zweite Brief war eine Briefbombe. Alles hat sich ins Monströse verkehrt. Überhaupt greift das Monströse seit meiner Erblindung auf mein Leben über. Ich habe den ersten kalten Lichtentzug hinter mir: Schüttelfrost, Erstickungsanfälle und der Schrei jeder Zelle nach Licht. Das Gefühl zu verhungern. Diese Qualen machen sonst Drogenabhängige während eines kalten Entzugs durch. Warum auch ich? Lieber würden meine Zellen in den Armen des Geliebten singen, als in der Agonie des Lichts zu schreien. Wird mein Körper lernen können, ohne diesen Lichtimpuls von aussen zu leben? Braucht er dafür auch fünf Jahre? Und was bleibt da noch von mir übrig? Mein Mann hat mich hilflos leiden sehen. Das macht alles noch schlimmer. Ich möchte keine Zeugen für diesen Horrortrip. Aber ohne eine menschliche Gegenwart hätte ich mich nicht so rasch davon erholen können.

Lethargie
Die grosse Verzweiflung der Anderswelt stammt daher, dass auch nach fünf Wochen des Wartens und Bittens kein einziges Hilfsangebot steht. Alles trödelt ein bisschen herum, dabei ist es jetzt langsam

existenziell, dass ich diese Erfahrungen im Atelier verarbeiten kann. Eigenartig, wie wenig die Nächsten von mir verstanden haben. Ich kann also gut an ihrer Seite verhungern; sie haben nicht begriffen, wovon ich lebe. Einmal mehr stelle ich fest: Mein Leben bestimmen die Menschen um mich herum. Das social brain werden sie erst entwickeln, wenn es für mich zu spät ist. Vielleicht ist es das, was den Verlust so schwer macht. Die fehlende Wachheit der Sehenden. Und jetzt bin ich wieder so traurig, dass ich solche Dinge schreiben muss.

Point of no return
In einigen Minuten holt mich das erste Mal das Tixi-Taxi ab. Ich steige also in die Welt der Behinderten ein. Ein eigenartiges Gefühl und ein Gedanke, an den ich mich erst *gewöhnen* muss. Quasi ein *point of no return*. Dennoch: Ich nehme gleichzeitig auch meine künstlerischen Tätigkeiten wieder auf; das macht mich glücklich.

Zombie
Das Tixi-Taxi ist eigentlich ein Zombie-Taxi und die Benützerinnen sind alles Zombies. Ich muss immer wieder schmunzeln, wenn ich an diese Aussage meines heutigen Chauffeurs denke. Ich bin über diese Kategorisierung gar nicht entsetzt – im Gegenteil: Ich finde sie sehr passend und sogar mit einer Prise Zärtlichkeit ausgestattet. Zombies sind im haitianischen Wodu Geister der Verstorbenen, die umherwandeln im Reich der Schatten und Halbschatten. Also ist das Zombieland ein afrikanisches Land, die Anderswelt eine afrikanische Geisterwelt. Das Schauerliche und Unheimliche, das Monströse und Archaische meiner Träume kommen aus diesem Universum.

Brief 3
Der dritte Brief kommt im Atelier an. Ich beuge mich vor, um einen Gegenstand aufzuheben, und donnere mit der Nase auf die Tischkante. Die Wucht des Aufpralls ist so schmerzhaft, dass ich taumle. Mir wird übel und ich bekomme Kopfschmerzen. Eine Hirnerschütterung? Das ist das Gefährliche an meiner Leidenschaft: Die Momente intensivster Selbstvergessenheit können tödlich sein. Blinde dürfen sich nie selber vergessen. Deshalb sollten sie nicht Künstlerinnen sein. Ich aber lebe von und in dieser Selbstvergessenheit. Ich brau-

che lange, bis ich mich von dieser Selbstverletzung erholt habe. Solche Gewalt zertrümmert das Selbstvertrauen in Sekundenschnelle.

Spinnennetz
Ein treffendes Bild für das Ortungssystem, das ich in meinen Räumen entwickle, fällt mir ein: Wenn ich mich in einem Raum bewege, spanne ich ein unsichtbares Netz von Objekt zu Objekt. Das unsichtbare Gewebe hat genau die richtige Spannkraft, um mich zu halten. Verschiebt nun ein Sehender einen Gegenstand, verschiebt sich das ganze Netz und es verliert seine Spannkraft. Ich laufe Gefahr, mich zu verletzen. Wenn ich irgendwo reindonnere, heisst das, dass ich zu dieser Wand oder diesem Objekt noch keinen Faden gespannt habe.

Blüten, die die Nacht treibt
Wunderbares bringt meine Nacht hervor. Aus meinen Händen wachsen gestrickte Blumen. Ich habe eine Technik erfunden, die es mir erlaubt, sehr schöne Blumen hervorzuzaubern. Die Ästhetik stimmt. Fast unerschöpflich ist dieser Garten. Weil mir die Menschen keine Blumen mehr bringen, schaffe ich sie mir selber.

Demut
Noch nie musste ich so unten durch. Auch im Atelier kann ich nicht mehr ohne Hilfe arbeiten. Also gebe ich auch diesen letzten Raum frei. Ich muss es tun, will ich meine Passion weiterhin leben. Es kostet mich sehr viel. Nichts bleibt mir. Ich bin nackt vor den Blicken der Sehenden. Das Verborgene ist nach aussen gekehrt und das Sichtbare nach innen. Pervers, diese Welt. Demut heisst dann, das Geschaffene freizugeben, ohne es je gesehen zu haben. Alles hängt am Blick der Betrachter.

Scham
Ein ganz neues Gefühl macht sich breit. Ich schäme mich für meine Werke. Das Geschmier und Gesalbe auf der Leinwand, das Versagen trifft mich. Ich muss da durch, üben und experimentieren. Aufhören mit dem Vergleich. Von vorne anfangen. Wie damals als Elfjährige. In 35 Jahren kann ich dann wieder einmal eine Ausstellung machen …

Versand
Nun sind alle mir wichtigen Menschen informiert. Mein Rundbrief ist endlich bei der Post. Immer wieder war ich versucht, das Ganze in den Papierkorb zu werfen. Alles Kostbare anderen Händen zu überlassen, braucht eine so hohe Grosszügigkeit am Anfang der Blindheit, dass mich das Vorhaben übersteigt. Früher hätte ich einen solchen Versand an einem halben Tag erledigt; heute geht das mindestens vier Wochen. Das kann ja heiter werden! Ich halte dennoch durch. Woher nur nehme ich diese Kraft?

Entwicklung
Die Anderswelt verwickelt mich genauso wie der Draht, mit dem ich arbeite. Es geht nun darum, mich neu zu ent-wickeln.

Konkurrenz
Erstaunlicherweise beginnen sich plötzlich Menschen um mich zu kümmern, die mich früher auf Distanz gehalten haben. Wahrscheinlich ist durch meine Erblindung nun klar, dass ich nie mehr eine Konkurrenz für sie sein werde. Ich bin von jeder Liste gefallen oder auf den letzten Platz gerückt. So hat die Blindheit wenigstens einen – wenn auch etwas traurigen – Effekt.

Signalfaden
Mein Papa ist einfach wunderbar. Mein Bild vom Spinnennetz ergänzt er treffend um eine wichtige Information: Die Spinne webt nach einem noch nicht entschlüsselten Code einen Signalfaden ins Netz, der jederzeit und an jeder Stelle sofort ein Signal gibt, wenn ein Objekt im Netz auftaucht. Diesen Faden muss ich finden!

Traum
Ich erinnere mich gut an einen Traum kurz nach der Erblindung: Ich oder jemand anders hat mir einen Tampon nach dem anderen aus den Ohren gezogen und ich habe immer intensiver gehört. Genau das erlebe ich jetzt: Die Ohren sind so intensiv in Gebrauch, dass ich sehr schnell an meine Hörgrenze komme. Deshalb brauche ich viel Stille und Ruhe. Es fällt mir erst jetzt auf, wie viele Hintergrund-

geräusche dauernd auf mich einprasseln, vor allem auch jetzt im Sommer, wo die Fenster offen sind. Die Selektion wichtiger und unwichtiger Geräusche ist noch nicht möglich; zuerst muss ich die Geräuschpalette kennen lernen. Da ich auf keinen Fall einen Hörsturz will wegen akustischem Stress, telefoniere ich kaum und verärgere all jene, die unbedingt meine Stimme hören wollen. Immer wieder stosse ich auf dieses Bedürfnis. Es macht mich hellhörig – geht es da wirklich um mich?

Fotosynthese
Ein Wissenschaftler der ETH Lausanne hat einen Preis erhalten, der mich zum Nachdenken bringt. Er hat Solarzellen entwickelt, die das Prinzip der Fotosynthese nachahmen. Anstelle des üblichen Siliziums nimmt er Pigmente, organische Farbmoleküle, die wie das Chlorophyll das Licht der Sonne in Energie verwandeln. Deshalb kann ich unter keinen Umständen auf Farben verzichten. Ich brauche sie für die Umwandlung des Lichts in Lebensenergie. Ohne Farben sterbe ich.

Jorinde und Joringel
Ich kämpfe mit mir einen ganzen Morgen lang. In den Händen halte ich meine rote Blume, die ich eigentlich heute gerne Herrn Drewermann nach seinem Vortrag überreichen möchte. Ich weiss nicht, ob ich mich mit solchen Botschaften aus der Anderswelt nicht total lächerlich mache. Dennoch packe ich die Blume ein. Allein der Gedanke, ich könnte ihm über den Weg laufen und hätte dann eine wichtige Begegnung verpasst, und zwar ein für alle Mal, bewegt mich zu diesem Schritt. Eine Freundin holt mich zu Hause ab. Wir reisen nach Zürich. Im Tram ein verbaler Übergriff auf meine Begleiterin: Sehr aggressiv schreit eine Frau durch das ganze Tram. Das ist schon der zweite Angriff auf eine Begleitperson. Der erste fand mit meinem Musikerfreund im Luzerner Bahnhof statt. Die Angriffsfläche, die ich als blinde Frau biete, ist enorm. Es tut mir so Leid für meine Freundin. Es war ja unser erster Ausflug in die weite Welt … Kaum haben wir das Tram am Kunsthaus verlassen, sagt meine Freundin, dass gerade Herr Drewermann vorbeigegangen sei. Ich bitte sie, ihn aufzuhalten. Tatsächlich kann ich ihm nun meine Jorinde-Joringel-Blume überreichen und er sagt verblüfft zu mir: Das wird das nächste Märchen sein, über das ich schreiben werde. Ja, das war wieder eine innere

Stimme-Lektion, die mir eingefahren ist. Ich bin also doch noch richtig «connected», obwohl überhaupt nichts mehr richtig tickt.

Erlösung
Noch bin ich immer wieder versucht, darauf zu warten, dass mich jemand aus diesem Gefängnis befreit, wenn auch nur für eine Stunde. Und dann kommt die nackte Realität: Niemand hat Zeit und Mut. Das zerrt am Lebensfaden. Ich allein kann den goldenen Käfig noch öffnen. Das ist das Los, von dem dich niemand lossagt. Es wiegt schwer. Der ganze Juni war nass und kalt. Unsägliche Schmerzen im Bewegungsapparat. Organe ohne Licht. Seit dem Februar bin ich eingefroren und erreiche nie mehr eine wohlige Körpertemperatur. Die Muskelfasern sind blockiert, alles ist im Zustand des Umbaus. Ob ich diesen schadlos überstehen werde, ist fraglich. Der Sommer muss mich endlich auftauen. Die körperlichen Veränderungen, die durch die Blindheit ausgelöst werden, erwischen mich kalt. Dass es für die Seele schwierig werden könnte, sich in der Dunkelheit zurechtzufinden, konnte ich mir gut vorstellen. Dass der Lichtmangel neben den Störungen des Schlaf-Wachrhythmus aber so stark in alle Systeme eingreifen würde, hätte ich nie gedacht. Es gibt keinerlei Studien oder Fachliteratur zu diesem Thema, die mir zugänglich wären. Auch in den Selbsthilfeorganisationen herrscht darüber eisernes Schweigen. Dabei weiss doch jeder, dass man mit Licht oder Lichtentzug Menschen zu Tode quälen kann.

Verbündeter
Mein Vater ist der Erste und wohl auch der Einzige, der im Zusammenhang mit meinem Lichtentzug von Isolationshaft spricht. Ich weiss seit seinem Schrei am Telefon, dass er ein Verbündeter ist. Ich gehe dahin, woher er kommt. Nur mit dem Unterschied, dass bei ihm Menschen am Trauma Schuld sind, nämlich seine eigenen Eltern. Ich selber bin befreit von einem menschlichen Täter, zumindest bis jetzt.

Traum
Er kommt mir jetzt oft in den Sinn, jener furchtbare Traum, in dem ich schreiend mein glupschiges Auge in der Hand hielt, mitten in den Menschen, und kein Mensch sich mir zuwandte, um zu helfen.

Das Auge fiel einfach aus seiner Augenhöhle und tropfte blutig in meinen Händen. Solche Träume habe ich immer wieder. Ich übe darin die Realität ein, damit sie, wenn sie eintritt, mich nicht umbringt. Seit meiner Erblindung haben sie aber noch einen neuen, gefährlichen Aspekt erhalten. Die Emotionen, die sie wachrufen, werden nicht mehr durch das Tageslicht und ununterbrochene Aktivität überlagert. Die Nacht dauert innerlich fort, es gibt keinen visuellen Filmschnitt und es geht viel länger, bis sich die Gefühle setzen. Starke Emotionen beeinträchtigen jedoch die Aufmerksamkeit nach aussen und absorbieren die Wahrnehmung. Unfälle sind deshalb häufig die Folge. Es kann lebensgefährlich werden, wenn ich die Insulin-Pens verwechsle, weil ich einem Gedanken nachhänge oder ein Gefühl meine Aufmerksamkeit ablenkt.

Verfügungsgewalt
Noch widerstrebt es mir, aufzuschreiben, was ich vor drei Wochen erleben musste und noch niemandem erzählen konnte. Ich werde im Atelier von einem mir unbekannten Chauffeur abgeholt. Schon nach einigen Worten merke ich, dass etwas nicht stimmt. Die Gespräche werden immer neurotischer; der Mann hört mir nicht zu, als ich ihm den Weg erkläre. Er steigt aus, nimmt mich am Arm und geht mit mir spazieren, anstatt mich vor die Haustür zu bringen. Ich weiss nicht, wohin er mit mir geht und noch gegangen wäre. Hätte ich nicht die Geistesgegenwart besessen, keine Angst zu zeigen und keine Sekunde lang die Führung abzugeben, wäre ich vielleicht ein Opfer von noch schlimmerer Gewalt geworden. So jedoch gelingt es mir, leichtfüssig zu erzwingen, dass er mich zurückbringt. Daheim zittere ich am ganzen Körper. Diese schreckliche Erfahrung verfolgt mich tagelang. Ich habe die Wahl: entweder das Taxi sofort sistieren und dann zu Hause eingesperrt bleiben oder das Risiko auf mich nehmen, eine weitere Fahrt ertragen zu müssen, da ich nie im Voraus weiss, wer mich chauffieren wird. Ich entschliesse mich für das Risiko. Zwei Wochen lasse ich mich noch vom Tixi fahren, dann nehme ich das normale Taxi. Der Himmel war mir gnädig. Obwohl ich mich mit diversen Verteidigungsstrategien ausgerüstet hatte, bin ich froh, dass mir eine erneute Begegnung erspart blieb. Ich liefere mich nicht aus, ich lasse mir meine kleine Bewegungsfreiheit nicht auch noch durch Psychopathen nehmen. Wie stark ich schon bin, habe ich wohl bewiesen. Wer würde schon nachvollziehen wollen, was es heisst, am Arm eines Durchgeknallten spazieren

zu gehen, wenn man gar nicht spazieren will? Alle, denen ich davon berichtet hätte, würden mich für übersensibel halten und meinen, die Phantasie sei mit mir durchgegangen. Die Menschen glauben nur, was sie sehen, und für diesen Übergriff gibt es keine Augenzeugen. «Solange du mit den Menschen tanzt, kann dir nichts geschehen.» Wie recht hat der blinde Hugues de Montalembert. Den Blindtest habe ich bestanden.

Rundbrief
Liebe Botschafterinnen und Botschafter aus der Welt der Sehenden

Eigentlich wäre ich heute nicht zu Hause, sondern am Jazzfestival in Montreux – aber wie auf so vieles muss ich in diesem Jahr auch auf dieses Vergnügen verzichten. Ebenso findet ein weiteres musikalisches Highlight dieses Sommers nicht statt: Der blinde Aborigine Gurrumul ist schwer erkrankt. Ich erinnere mich sehr gut an das Konzert im letzten Herbst in Zürich, wie seine Stimme die Luftmoleküle in Schwingung gebracht hatte und der Raum so dicht wurde, dass seine Lieder alle Hautzellen vibrieren liessen. Du kannst dir Gurrumul auf youtube anhören; besonders sein Lied «History» gibt dir Einblick in die Anderswelt.

Meine Gedanken sind oft bei meiner blinden Freundin, die vor einigen Jahren an Darmkrebs gestorben ist. Der Krebs wurde zu spät entdeckt, da sie selber wegen ihrer Blindheit den Blutverlust nicht bemerken konnte. Ich sehe sie noch vor mir bei unserem ersten gemeinsamen Essen, wie sie ihren Salat unappetitlich in den Mund führte. Und jetzt weiss ich, wenn ich selber mit den grossen, von Sauce triefenden Blättern kämpfe, was für ein Bild ich dabei abgebe. Dann schicke ich jeweils einen besonderen Gruss Richtung Himmel ...

Was nicht in der Bedeutungslosigkeit verschwinden will, muss einen sinnlichen Reiz auf mich ausüben, der mir Vergnügen bereitet. Die Gesetzmässigkeiten der Anderswelt zeigen sich mehr und mehr. Die Distanz zur visuellen Welt wächst am Tag, wird wunderbar aufgehoben in der Nacht. Ich schlafe gut und viel und meine Sinne erholen sich dabei prächtig. Die nächtliche Stille ist ein Geschenk und meine Gehörgänge werden gereinigt. Es sei denn, ein Mückenbiest tauche auf und kreise mit dem Lärm eines Düsenjets vor meiner Ohrmuschel.

Die akustische Wahrnehmung hat sich so verfeinert, dass ich oft an die Hörgrenze stosse und wenn ich lange am Compi sitze – der ja dauernd schwatzt – Ohrenweh bekomme. Das Telefon hat vorläufig ausgedient, weil die Stimme zu direkt ins Ohr gelangt und dort lange hängen bleibt. Ich will unter keinen Umständen einen Hörschaden in Kauf nehmen, ausgelöst durch Stress. Alle Systeme sind von der Erblindung betroffen. Der ganze Körper ist im konstanten Umbau und bei diesem Umzug macht sich auch schon mal der Kistenkoller breit. Wenn ich traurig bin, dann jedoch niemals wegen der Blindheit, sondern wegen der sehenden Menschen und ihrer visuellen Grenzen und den gefährlichen Erfahrungen mit ihrer Verfügungsgewalt.

Von Herzen danke ich dir für deine Verbundenheit in den vergangenen Wochen. Ich erfahre liebevolle Zuwendung, grosszügige Blicke, handfeste Unterstützung und mutige Menschen. Das grösste Geschenk, das man mir machen kann und das mich in der Anderswelt immer erreicht, ist ein herzhaftes Lachen.

«Through love a prison seems a rose garden» (Rumi)

Herzlich Gabriela

Belohnung

Als wollte mich das Leben für alle Entbehrungen auf einmal belohnen, träume ich drei Nächte hintereinander musikalisch sehr intensiv. Wie immer in solchen Träumen bin ich nicht nur Zuhörerin, sondern auch Sängerin in *Wolof* und afroperuanischen *Landos* während einer ganzen abendfüllenden Show. Alles Musik, die ich noch nie gehört habe, von Künstlerinnen und Künstlern begleitet, die ich nicht kenne, in Sprachen, die ich nicht spreche. Wunderbare, verzauberte Nächte in der Anderswelt. Dabei haarscharfe Bilder in Farbe so wie früher, als ich mit beiden Augen sah. Meine Träume sind so klarsichtig, dass ich mir beim Erwachen jeweils richtig einhämmern muss: Ich bin blind und muss deshalb langsam aufstehen, damit ich nicht gegen die erste Wand donnere. So vergesse ich den Tag und verlängere die sehende Nacht. Wie könnte ich mich noch nach dem Tag sehnen? Er ist, was ich nicht mehr bin.

Wort zur Nacht
Man kann mich nicht hinters Licht führen – ich bin schon dort.

Social brain
Ein TV-Gespräch macht mir etwas klar: Die Erinnerung ist ein massgebender Faktor zur Bildung eines *social brain*. Erinnerungen wie gemeinsame Fotos von früheren Zeiten halten Erfahrungen wach und aktiv. Weil die Menschen jedoch Erinnerungen primär visuell speichern, müssen blinde Menschen damit leben lernen, nicht Teil des visuellen kollektiven Gedächtnisses zu sein. Die Erfahrungen von Blinden können Sehende nirgendwo abrufen, weil sie sie nicht gemacht haben. Sie vergessen darum alles sehr schnell, was wir Blinde ihnen beibringen müssen, damit wir autonom und gefahrlos leben können. Ein Leben ausserhalb des *social brain* ist einsam und gefährlich. Diese Einsamkeit steht blinden Menschen ins Gesicht geschrieben. Gedächtnis und Existenz sind untrennbar verknüpft. Was und wer sich nicht erinnern lässt, existiert nicht. Wir Blinde können nur bedingt eine eigene Gesellschaft bilden mit einem spezifischen *social brain*. Wir leben ja nur in Ausnahmefällen mit andern Blinden zusammen.

Erfolg
Die Bilder der letzten Wochen konnten nicht gelingen, angesichts der Erfahrungen mit der Verfügungsgewalt, die nur so auf mich nieder prasselten. Meine kreative Konzentrationsfähigkeit wurde so massiv gestört, dass mir die freie Neuronenkapazität abhanden kam, quasi gestohlen durch das unmögliche Verhalten von Menschen. So greifen sie einfach überall ein und stören und zerstören. Wenn sie nur einen Schimmer davon hätten, ginge es mir viel besser. Jetzt, wo wieder Ruhe einkehrt und mein Mann mit ins Atelier kommt, kann ich erfolgreich arbeiten und das macht mich so glücklich und zufrieden.

Bei meinem Namen gerufen
Die wunderbaren musikalischen Träume setzen so viel Energie frei, dass ich es wagen kann, meine Mama im Pflegeheim zu besuchen.

Seit fünf Monaten habe ich sie nicht mehr gesehen und die Sehnsucht nach einer Begegnung wächst. Allein die mehrstündige Autofahrt mit vielen Kurven ist schon in der Vorstellung ein Horror. Dann weiss ich auch nicht, ob und wie meine schwer demente Mutter auf meine Blindheit reagieren wird. Löse ich Panik aus bei ihr?
Wir treffen sie in guter Verfassung an. Ihre Persönlichkeit ist noch sehr stark, sie plaudert und zeigt eine ganze Palette von Emotionen. Als wir uns von ihr verabschieden, sagt sie ganz klar und deutlich meinen Namen, wo sie doch sonst nur unverständliche Worte spricht. Wer bei seinem Namen gerufen wird, existiert.

Auto
Was geschieht mit mir beim Autofahren? Warum ist diese Form der Fortbewegung äusserst unangenehm für mich? Ich suche nach Erklärungen. Zum einen ist es die Tatsache, in einem sehr engen Raum ohne Fluchtweg ganz der Fahrtüchtigkeit des Lenkers ausgeliefert zu sein. Die kleinste Kurve verursacht Brechreiz, wird sie nicht ausgefahren und ohne abruptes Bremsen durchgeführt. Die Kurven schütteln mein Gehirn hin und her, es verliert seine fixe Aufhängung. Zum anderen ist die Divergenz von Raum und Zeit extrem. Der Raum bleibt für mich mangels akustischer oder taktiler Wahrnehmungsmöglichkeiten völlig unverändert, und mangels visueller Veränderungen wird mir suggeriert, ich würde am gleichen Ort bleiben. Ich lege einen Weg in der Zeit zurück, den es aber nicht gibt. Das alles gibt eine furchtbare Konfusion und ich brauche einen ganzen Tag, bis alles wieder richtig hängt. Reisen im Zug ist viel angenehmer. Der Raum um mich ist grösser, die Lautsprecherstimme gibt konstant Infos über den Aussenraum, das heisst ich weiss, wo ich bin, und das weckt die Erinnerungsbilder und macht das Reisen spannender. Ich höre Menschen plaudern und sich bewegen. Die Kurven sind viel angenehmer. Das Auto werde ich nur in äussersten Notfällen benützen können, das ist jetzt klar.

Innere Bilder
Ich sehe ständig Bilder. Mein Gehirn kann gar nicht anders. Ich bin so geübt in der Erschaffung von Bildern, dass ich mich beim besten Willen wohl nie davon trennen werde. Es sei denn, mein Gehirn werde in seiner Funktion eingeschränkt.

Künstler
Künstler leben in einer grossen Wachheit. Mit ihnen kann ich eine gemeinsame Wahrnehmung und ein gemeinsames Bewusstsein bilden. Sie sind unendlich wichtig für mich.

5 Jahre
Ein Freund macht eine wichtige Bemerkung, als ich ihm sage, dass der Umzug in die Welt der Blinden fünf Jahre dauert. Genau wie bei einem Alkoholiker der Entzug, sagt er. Das Gehirn braucht so lange, um sich von einem wichtigen Stoff zu entwöhnen. In fünf Jahren bin ich lichtclean.

Masken
Mit meinem Mann höre ich den Film «Die schwarze Sonne» von Montalembert. Das habe ich auch meinen besten Freundinnen vorgeschlagen, weil der Film vieles gut wiedergibt, was mit einem erblindeten Künstler geschieht. Sie haben beide das Angebot überhört. Die akustische Selektion klappt in meiner nächsten Umgebung besonders gut: Sehende können sich den Luxus leisten, vieles einfach zu überhören. Montalembert hat sich zum Schutz seiner Augen eine eigene Brille oder, wie er sagt, Maske herstellen lassen. Vor den Sommerferien habe ich damit begonnen, Masken zu schneiden und zu sprayen. Masken haben keine Augen, aber einen Blick. Genau wie wir Blinden.

Amygdala
Vor einigen Jahren taufte ich meine Kunstwebsite www.mandelkern.ch. Ich fand diesen Namen sehr passend, weil die beiden Mandelkerne, lateinisch Amygdala, im Gehirn und in der kreativen Arbeit eine sehr wichtige Rolle spielen: In diesen mandelförmigen Organen sitzen die Lust und die Leidenschaft. Mein Mann liest mir zurzeit aus dem Buch «Woran ich glaube» von Eugen Drewermann vor. Der Autor kommt in Zusammenhang mit dem Thema Angst auch auf die neurobiologische Funktionsweise der Amygdala zu sprechen, und da höre ich etwas ganz Neues. Neben der ersten Bahn im Gehirn, welche bei Gefahr die Stresshormone auslöst und den Körper via Adrenalin und Cortisol auf höchste Alarmstufe versetzt, so dass ganz instinktiv der Körper alle Energien mobilisiert und den nöti-

gen Impuls zur Flucht auslöst, gibt es noch eine zweite Bahn, die für die therapeutische Arbeit von höchstem Belang ist. Es ist jene Bahn im Gehirn, die anregt, darüber nachzudenken, ob sich die Angst in dieser Situation gelohnt hat und ob die chemischen Reaktionen notwendigerweise ausgelöst wurden. Diese Bahn ist nicht instinktgebunden, sondern erfordert eine konkrete, bewusste Auseinandersetzung. Das ist ja genial und ein Schlüssel für mein Leben. Ich habe mit 11 Jahren beim Ausbruch meiner Krankheit damit begonnen, diese zweite Bahn aufzubauen. Wenn ich an die 6 Monate seit meiner Erblindung denke, ging es genau darum. Erblinden ist eine traumatische Erfahrung, die den ganzen Körper in einen extremen Alarmzustand versetzt. Alle Fluchtreflexe versagen, da sie ans Visuelle gebunden sind. Die aus dem Tierreich stammenden Instinktreaktionen wie Angriff, Erstarren oder Flucht können nicht umgesetzt werden und werfen den blinden Menschen in eine Welt, deren Gefahren er schutzlos ausgeliefert ist und die ihn so verunsichern, dass er überall Tod, Gewalt und Unfall riecht. Erst die Erfahrungen der realen neuen Gefahren und das verarbeitende Nachdenken können in vielen kleinen Schritten dazu beitragen, dass die erste Bahn nicht die Überhand gewinnt. Mein Körper ist immer noch allzu oft auf dem Sprung, das heisst in grosser Anspannung. Die Stresshormone noch zu aktiv. Dennoch gelingt es immer besser, auch in einen Zustand der Entspannung zu kommen. Eine wirkliche Begleitung in der Erblindung würde heissen, der Betroffenen zu erklären, was im Körper passiert und warum, damit sie durch Gespräche lernt, die zweite Bahn aufzubauen und immer zu checken, ob Angst angebracht ist oder nicht. Aber da ist noch so viel im Argen. An die Stelle des Gesprächs tritt der Alkohol, eine Beruhigungspille oder der Suizid. Denn etwas muss getan werden, um aus dem quälenden Übererregungszustand herauszukommen. Niemand hält diesen über längere Zeit aus. *Mind clearing* ist also weiterhin angesagt, will ich eines Tages wieder ein annähernd befreites Leben führen.

Liebesdienst
Ich bin bewegt von einem Bild im Fernsehen. In einer Sendung über nigerianische junge Männer, die nach Europa gelangen wollen und dabei unglaubliche Qualen durchstehen, da der Weg nach Libyen durch die Wüste führt, wird Folgendes berichtet: Die Route, die die jungen Männer nehmen, ist über und über mit Skeletten

bedeckt. Leichengeruch liegt in der Luft. Der Reporter spricht von einem Skelett, das mit Steinen umgeben ist. Ein Freund muss wohl unter der sengenden Wüstensonne und unter Einsatz der letzten Kräfte Steine zu einem Grabmal angeschleppt haben. Ein solcher Liebesdienst ist so unglaublich bewegend, dass mir immer noch die Tränen kommen. Diese auf den ersten Blick überflüssige, Kräfte raubende Tat unter Extrembedingungen erinnert mich an die Grabstätten der Urmenschen. Man sieht im Errichten eines Grabes jene Handlung, die den Menschen von seinen tierischen Vorfahren eindeutig unterscheidet. Der Mensch wird zum Menschen. Und so hat ein Freund seinen Freund menschenwürdig zurückgelassen und ist dabei vielleicht auch gestorben. Ganz nah der rettenden Oase. Wer würde eine solche Liebeserklärung auch für mich erbringen? Die Erfahrungen der Isolation lassen mich erahnen, dass ich dafür wohl in Afrika leben und sterben müsste.

Schwellenangst
Immer noch kommen erste Reaktionen auf meine Erblindung. 6 Monate lang kämpfen Menschen mit sich, bis sie zum Hörer greifen und Kontakt mit mir aufnehmen. Das muss damit zusammenhängen, dass diese Menschen wie mein Vater die falsche Hirnbahn nehmen, wenn sie an die Blindheit denken. Sie nehmen die Bahn der traumatischen Erlebnisse, die sie selber durchgestanden haben und die sie so hilflos zurückliessen. Das kann bis in den Mutterleib zurückgehen. Ich selber schaffe es jetzt, bei schrecklichen Erfahrungen nur für kurze Zeit auf der Paranoiabahn zu surfen, um dann sehr schnell wieder in die neu erarbeiteten Bahnen zu finden. Es war dies die grausamste Erfahrung, die die Erblindung mit sich gebracht hat: die Entpersonalisierung. Alle Gedankenstricke reissen, die Persönlichkeit driftet ins Diffuse und verwickelt sich in einem unendlichen Knäuel von Bedrohungen. Wenn das neuronale und das soziale Netz gleichzeitig auseinander fallen, dann wird dem Menschen das Äusserste abverlangt.

Wort zur Nacht
Ein Blinder, der sieht, ist ein Orakel. Ein Sehender, der blind ist, ein Mensch mit einem Brett vor dem Kopf.

Ecce-Spiritualität

Ich mache mir viele Gedanken über den Unterschied zwischen einem sozialen und einem solidarischen Netz. Im letzteren sind Menschen Verbündete und fähig zu echten altruistischen Handlungen, von denen sie nicht profitieren, sondern in die sie investieren. Dabei geht es vorwiegend um das Hinsehen und die Fähigkeit zum Mitgefühl. Das solidarische Netz will nicht begleiten, sondern handeln. Es lebt von einer eigenen Spiritualität, die bereit ist, Verantwortung zu übernehmen. Das soziale Netz kann unbeschwert von Begleitung reden. Wenn ich über etwas stolpere, brauche ich in erster Linie eine solidarisch vorausschauende Sichtweise und eine starke Hand. Im Sturz muss mich niemand begleiten – vor dem Fallen müssen mich die Menschen schützen. Dieses solidarische Netz ist letztlich das, was mich durch das Leben führt. Es ist mir bis jetzt gelungen, ein globales solidarisches Netz aufzubauen. Ja, es hat sich durch meine Erblindung noch verstärkt. Könnten die Menschen doch ihre eigene Angst überwinden, so dass ihr Blick frei und offen für den Blick der andern wird. Wo mitfühlende Blicke sich befreit kreuzen, wird niemand lebendig begraben. Ein solidarischer Blick ist immer ein Ecce-homo-Blick.

Dunkelheit und Nacht

Ich spreche nicht von der Dunkelheit, die mich umgibt, sondern von der Nacht. Dunkelheit ist die Abwesenheit von Licht, die Nacht aber einfach die andere Seite des Erdballs. So bin ich immer da, wo der Mond am Himmel hängt.

Vorbild

Ich soll ein Vor-Bild sein? Typisch Sehende: Denken immer in Vorbildern, als wäre es begehrenswert, so zu leben, wie ich es muss. Völlig falsche Bilder tragen sie vor sich her und stülpen sie mir über. Ich habe keine Chance, die Wirklichkeit zu vermitteln. Alles wird durch den Blickwinkel der Sehenden gepresst, und als Rückstand im Filter bleiben nur die romantischen Vorstellungen hängen. Diese machen etwa 0,00005 Prozent der Realität aus. Wenn sie noch mit abstrusem, esoterischem Gedankengut und kindischen Sinnmodellen versehen werden, wirds ungeniessbar. Blinde Menschen bieten eine unerschöpfliche Projektionsfläche für Neurosen und Psychosen. Wir müssen uns gut davor schützen.

Traum
Ein Traum kommt seit meiner Erblindung immer wieder. Ich stelle fest, dass ich wie früher sehen kann, und traue meinen Augen nicht. Ziehe die Brille aus, kneife ein Auge zu und bin fest davon überzeugt, dass ich mich täusche. Aber es ist nicht zu bestreiten, ich sehe alles ganz klar und scharf mit beiden Augen. Dann kommt der Stress, wie ich das Sehenden erklären soll, die meinen, ich sei gar nie blind gewesen und hätte nur Theater gespielt.

Der kleine Unterschied
Es gibt zwischen dem solidarischen und sozialen Netz nochmals einen wichtigen Unterschied: Beziehungen im sozialen Netz sind im Gegensatz zu jenen im solidarischen nicht unbedingt symmetrisch. Dienstleistungen werden teilweise bezahlt oder, wenn ehrenamtlich ausgeführt, wird eine grosse Dankbarkeit erwartet. Es gibt Gebende und Nehmende. Solche Beziehungen weisen ein Machtgefälle auf. Solidarische Beziehungen hingegen sind symmetrische Beziehungen. Menschen begegnen sich auf Augenhöhe und blicken sich an. Wenn der eine auf den anderen herunterblickt, wird ein blinder Mensch schnell einmal zum bettelnden Augenkrüppel.

Schief
Ich weiss jetzt, warum es mir nicht gelingt, eine gerade Linie zu gehen. Da das Universum gekrümmt ist und ich ein Teil des Universums bin, kann ich gar nicht anders!

Künstlerkreis
Noch nie haben mich so viele Künstlerinnen und Künstler besucht. Spannend sind ihre Reaktionen auf meine Werke überall in der Wohnung. Eine Reaktion ist allen gemeinsam: das Staunen über meine Vielseitigkeit.

Erdbeben
Ich höre mir auf Arte eine Sendung mit Schriftstellern an, die das Erdbeben in Haiti vor einem Jahr überlebt haben, und bin sehr beeindruckt von der Art und Weise, wie Yanick Lahens die Katastrophe beschreibt: Sie erzählt, wie sie während Tagen die Sprache verlo-

ren hat und versucht war, diese für immer unter den Trümmern zu begraben, dann aber wieder zu schreiben begonnen hat, weil sie mit der Sprache auch die Menschen begraben hätte, für die jemand sprechen muss, um die Erinnerung an sie wach zu halten. Eine tief solidarische Geste. Ich bestelle sofort ihr Buch «Failles».

Durchfragen
Bis jetzt hat sich nur ein Mensch bis zu meinem Schmerz durchgefragt. Alle andern bleiben schon nach ersten Andeutungen meinerseits hängen. Ich kommuniziere, wie jeder Blinde, nur etwa 10 Prozent meiner Realität – eine der Überlebensstrategien, die wir wählen, um nicht endgültig verlassen zu werden. Es gibt kaum einen Bereich, der davon nicht betroffen wäre. Ein authentisches Sprechen ist nicht mehr möglich, wenn man in den Augen der anderen zur Tragödie geworden ist.

Infinitiv
Das Leben hat mich so durchkonjugiert, dass meine Gedichte nur noch den Infinitiv ertragen.

Wort zur Nacht
Ich denke weiter, als du siehst.

Jahrestag
Heute vor einem Jahr bin ich erblindet. Ich verbringe diesen Gedenktag ganz allein zu Hause. Niemand nimmt mich in den Arm. Mein Mann wurde vor einer Woche mit Sirenengeheul von der Ambulanz ins Spital gebracht.

Im Nirgendwo

*Schwemmland sind wir
auf der Suche nach einem Kontinent*

*Erst als Wortsediment
ist die Erinnerung frei*

In den Weihnachtsferien 2010–2011 bemerkte ich erste kleine Veränderungen im Verhalten meines Mannes, die mich irritierten und zur Aussage veranlassten: «In deinem Gehirn stimmt etwas nicht.» Die Korrekturen der sich anhäufenden Klausuren kamen nicht voran, mein Mann war müde und unkonzentriert. Wir führten dies auf das anspruchsvolle Semesterende zurück. Ende Januar machten sich Grippesymptome bemerkbar und erste kleine Zitterepisoden. Da mein Partner keinerlei Anzeichen von Besorgnis zeigte und die Veränderungen nicht wahrnahm, entschloss ich mich zu handeln und brachte ihn auf die Permanence zur Abklärung. Die Ärztin schickte ihn wieder nach Hause und meinte, er solle sich ausruhen. Meine Hinweise auf Charakterveränderungen und Gedächtnislücken ignorierte sie. Ich blieb jedoch weiterhin sehr beunruhigt und veranlasste über meine Hausärztin ein MRI, da ich an die Möglichkeit eines Hirntumors dachte. Das MRI ergab keinen Befund.

Die Verwirrtheit und psychotischen Störungen wurden jedoch immer massiver. Mein Mann wurde in eine Klinik eingewiesen zu weiteren neurologischen Abklärungen. Dabei wurde die übliche Lumbalpunktion, die Analyse der Hirnflüssigkeit, fahrlässig unterlassen. Auch hier ergaben die Untersuchungen keinen Befund. Mein Mann wurde nach zwei Stunden wieder nach Hause geschickt mit einem Termin beim Psychiater. Für mich wurde das alles immer unheimlicher und bedrohlicher. Zwei Tage später ging es meinem Partner noch schlechter. Zitteranfälle steigerten sich und blockierten die Bewegungen. Dann kam der Zusammenbruch in meinen Armen: Ein grand mal-Anfall, der stärkste epileptische Anfall, den es gibt, wie ich später erfuhr. Ich musste meinen Mann notfallmässig ins Spital einliefern. Erste Untersuche ergaben immer noch keine klare Ursache. Irgendwann kam die Theorie eines Virus auf, der eine Enzephalitis(Hirnentzündung) verursacht haben könnte. Das Virus liess sich aber nicht nachweisen.

Nach einer Woche bekam mein Mann dennoch eine Antivirentherapie mit Acyclovir-Infusionen. Diese brachten keinerlei Verbesserung. Seine Gedächtnisleistungen waren inzwischen auf das Niveau eines Kleinkindes gesunken: Eine autistische Einkapselung, Sprachstörungen, Orientierungsstörungen und Affektstörungen bis zur totalen Gefühlsamnesie stürzten meinen Mann innerhalb weniger Wochen in einen Zustand, der mit schwerem Alzheimer vergleichbar war. Und immer noch wurde nicht gehandelt. Er erhielt keinerlei unterstützende Therapie für die Aufrechterhaltung der Beweglichkeit und keinerlei Anregung, damit das Gehirn noch irgendwie beschäftigt war. Er verwahrloste mehr und mehr.

Nach der 3. Woche – ich hatte nur mit Assistenzärzten sprechen können, nicht aber mit einem Neurologen oder Chefarzt – musste ich handeln. Die Zeit drängte, alles stand auf dem Spiel. Ich suchte nochmals stundenlang im Internet, bis ich einen entscheidenden Hinweis fand. Sofort griff ich zum Telefon und fragte den völlig hilflosen Neurologen: «Haben Sie auf den MRI's den Mandelkern genau angesehen? Ich bin sicher, dass die Entzündung dort ihren Sitz hat. Alle Symptome weisen eindeutig darauf hin.» Einige Stunden später erhielt ich einen Rückruf. Meine Diagnose einer limbischen Enzephalitis wurde bestätigt. Auf den MRI's war einer der beiden Mandelkerne angeschwollen, was auf eine Entzündung schliessen liess. Die Ärzte hatten einfach darüber hinweggesehen. Eine limbische Enzephalitis führt unbehandelt zu lebenslanger psychiatrischer Verwahrung und letztlich zum Tod.

Da nun die Diagnose stand, begannen die Ärzte zu handeln, Mein Mann bekam eine intravenöse, hochdosierte Cortisontherapie, die sehr schnell erste Erfolge zeigte. Nach einer Woche wurde er auf die Rehab verlegt und es folgten weitere drei Wochen intensivsten Trainings der körperlichen und geistigen Fähigkeiten. Dieser Aufbau und die Rückkehr in die Beziehungsfähigkeit und in ein annähernd normales Leben dauerten viele Monate. Lange blieb unklar, wieweit die Schädigungen reversibel waren – zu lange hatte die Entzündung die Hirnstrukturen zerstören können. Was würde mit uns werden?

Im Sommer 2012, ein Jahr nach den Ereignissen, ermutigte ich meinen Mann, einige Erinnerungen an seine Krankheit aufzuzeichnen. Es entstand in kurzer Zeit eine Textserie, abgerundet durch den Versuch, die Ereignisse ins Leben einzuordnen. Seine Texte geben die Innenperspektive wieder, die ich mit meiner Aussenperspektive ergänze. Diese dramatischen und tragischen Erfahrungen fanden im zweiten Jahr der Blindheit statt, mitten im grossen Umbau meines Lebens.

Innenperspektive

Im Nirgendwo
«Er ist noch nirgends.» Dr. Reiteler hätte diese Worte wohl am liebsten aus der Hoffnung heraus formuliert, den Patienten M. K. endlich ins Hier und Jetzt holen zu können. Sein Aufschrei war jedoch viel mehr ein Ausdruck schierer Verzweiflung. Mit allen bildgebenden Verfahren war es nicht gelungen, M. K. zu erfassen und zu diagnostizieren. Wie oft wünschte er sich doch diesen Patienten in eine andere Abteilung. Oder sollte er ihn gesund schreiben? Die Diagnose «im Nirgendwo gelandet» war aber weder im Pschyrembel noch bei Wikipedia zu finden, hätte ihn demnach beim Verband der Weissgekittelten lächerlich gemacht oder gar in Verruf gebracht. Es blieb also nichts anderes übrig, als bei den raren Visiten am Bett des M. K. auszuharren, wohl wissend, dass Blutzucker, -druck und die Laborwerte A bis Z wie immer im Normalbereich lagen. Eben gesund, wäre da nicht jedes Mal M. Ks. Unfähigkeit gewesen, auf die Frage nach dem Namen und dem heutigen Datum unverzüglich eine einwandfreie Antwort zu geben. M. K. war weder als Fallpauschale noch als Pauschalfall zu behandeln. Selbst die Antivirenchemo, das von der Pharma angepriesene Wundermittel, konnte da nichts ausrichten.

Immerhin schien sich M. K. wohl in seiner Haut zu fühlen und stellte auch keine lästigen Fragen. Einfach im Bett liegen bleiben und zufrieden unter seine Bettdecke kriechen, konnte dennoch keine Dauerlösung darstellen. Ein Spital ist ein Spital und kein Hotel, selbst für Halbprivat-Patienten.

Schweissausbrüche
Mit den Visiten konnte sich Dr. Reiteler langsam abfinden. Sie waren Teil seiner Routinearbeiten. Er zog es allerdings vor, in Gedanken versunken und für sich allein durch die langen Spitalgänge zu streifen. Heute drohte aber genau in diesen in Weiss getünchten, nach abgestandenem Desinfektionsmittel riechenden Alleen neues Ungemach. Schon von weitem vernahm er ein Klick-Klack, das sich zielstrebig dem Patientenzimmer von M. K. näherte. Das Geräusch rief in ihm eine unangenehme Erinnerung wach: Dr. Reiteler sah, wie er, der leitende Arzt der medizinischen Abteilung A des Kreispitals C, voller Angst, eingeklemmt in einer Ecke des Spitalaufzuges auf Befreiung wartete. Die zwanzig Stockwerke hinunter Richtung Intensivstation wurden zur Höllenfahrt, hatte sich doch eine Frau mit schwarzer Dunkelbrille neben ihn platziert. Sie zählte zu den Angehörigen des M. K., war vielleicht sogar dessen Frau. Mit ihrem weissen Stock, den sie fast krampfhaft umklammerte, verhinderte sie jedes Ausweichen. Zwar fühlte sich Dr. Reiteler von der Frau mit der Brille, welche im grellen Neonlicht des Lifts einen starken Kontrast bildete, nicht beobachtet. Es schien ihm aber, dass sein Gegenüber den von ihm ausgehenden Schweissgeruch sehr wohl wahrnahm.

Da war es also wieder, dieses eigenartige Geräusch, welches in seiner Regelmässigkeit nur unterbrochen wurde, wenn Hindernisse umgangen werden mussten. Dieses Mal funktionierte die Strategie, welche sich Reiteler im Spital angeeignet hatte: im ärztlich verordneten Stechschritt den Wänden entlang gleiten, schwebend fast, unaufhaltsam und schnell.

Amygdala
Amandine tastete sich langsam zum Patientenbett vor. Sie spürte, dass ihr Mandelkernchen, manchmal auch Mandelkerlchen, darin lag, wie üblich geschützt unter den wohligen Decken schlafend. Mit dem Nirgendwo von Reiteler konnte Amandine nichts anfangen. Seit ihrer Erblindung umgab sie eine andere Welt. Auch wenn sie oft das Gefühl hatte, in dieser Anderswelt die Orientierung und das Gleichgewicht zu verlieren, befand sie sich nicht im Nichts. Im Gegenteil, die Räume waren voll mit Tönen, Gerüchen, Farben. Sie brauchte dazu keine bildgebenden Verfahren, konnte sich, anders als dieser abstruse Arzt, auf innere Bilder und Gefühle verlassen.

Natürlich war es Amandine klar, dass nicht das richtige Mandelkernchen vor ihr friedlich den Takt schnarchte, sondern eher M. K. Wer mit dem Patienten Kontakt aufnahm, bekam Antwort. Aber seine Gefühlswelt war von aussen nicht zugänglich.

Für Amandine waren folgende Grundsätze zentral:
- Mandelkern durfte nicht in die psychiatrische Klinik abgeschoben werden.
- Es durfte keine Zeit mehr verloren gehen.
- Sie musste den Kontakt mit Mandelkern unbedingt aufrechterhalten.
- M. K. musste aus dieser unbekannten Welt zurückgebracht werden.

Zur Umsetzung dieses Wissens brauchte sie unbedingt Hilfe: Heinz Joachim Keller war notfalls bereit, mit M. K. spazieren zu gehen und danach noch dessen Kleider aus dem Spital zu schmuggeln. Den Schlüssel zum Nirgendwo sollte Amygdala liefern, Amandines Lieblingsmeerschweinchen. Den Rest überliess sie ihrer inneren Stimme.

Dr. Reiteler staunte nicht schlecht, als bei der nächsten Visite ein schwarzes, pelziges Ding auf M. Ks. Decke rumkrabbelte. «Eine Ratte!», wollte er schreien, bevor er sich daran erinnerte, dass im Spital Ruhe oberstes Gebot war. So schaute er verlegen in die ebenfalls ratlose Ärzterunde. Das sei Amygdala, die Diagnose, erklärte Amandine in aller Seelenruhe. Amygdala, Amygdala, sinnierte Reiteler vor sich hin. Der Begriff musste ihm vor langer Zeit im Medizinstudium begegnet sein.

Die Rettung
Am nächsten Morgen war Dr. Reiteler der Erste, welcher zu M. Ks. Patientenbett stürzte. Ohne seinen üblichen Sicherheitsabstand zu wahren, verkündete er voller Elan: «Wir haben es. Unsere intensiven Nachforschungen und der Einsatz unserer Apparatemedizin haben sich gelohnt. Ihr Befund, Anschwellung der rechten Amygdala, Diagnose limbische Enzephalitis mit nicht provozierter symptomatischer Epilepsie, Ursache ein Virus vorerst unbestimmter Art und Herkunft.»

Vor lauter Begeisterung merkte der Arzt nicht, dass sich der vor ihm liegende Patient beinahe gelangweilt auf die Seite drehte und erneut unter seine Bettdecke schlüpfte. Dessen relevante medizinische Werte waren wie immer im Normbereich, ebenso verharrte die Hirnleistung praktisch bei Null. M. K. machte nach wie vor einen zufriedenen Eindruck.

Von einer gefühlsmässigen Abkapselung des Patienten wollte Reiteler schon gar nichts wissen. Gefühle waren nicht sein Spezialgebiet, wie seine klaustrophobe Panikreaktion im Aufzug, das aus einem männlichen Minderwertigkeitskomplex heraus resultierende Übersehen des fehlenden Rattenschwanzes sowie seine Schwierigkeiten im Umgang mit Frauen, zumal wenn diese gleichzeitig behindert und selbstbewusst auftraten, klar gezeigt hatten.

Für Reiteler war jetzt Handeln angesagt. Neustart dank Cortison, Fall abschliessen, Patient zur totalen Retablierung der Rehab übergeben und schliesslich gesund geschrieben normal weiterleben lassen wie zuvor.

Zum Glück für alle Beteiligten blieb das Wundermittel nicht ohne Wirkung. Der Patient wurde zurückkatapultiert in Raum und Zeit. So erwachte ich und hatte die Möglichkeit, die ersten Schritte in mein neues Leben zu wagen.

Rückbesinnung
Wenn ich heute versuche, meine damaligen «Weltreisen» in meinem Leben zu verorten, steigen in mir folgende Gedanken auf:

Mein bisheriges Leben lässt sich am ehesten mit dem Bild einer Giesskanne mit aufgesetzter Brause beschreiben. Die kleinen Löcher in der Brause liessen das Wasser ohne grosse Widerstände und recht regelmässig ausströmen. Ich durfte gesund eine schöne Kindheit erleben in einer sechsköpfigen Familie, wurde zudem in der Pfarrei und der Pfadfinderbewegung sozialisiert, schloss eine KV-Lehre und auf dem zweiten Bildungsweg ein Geschichtsstudium ab. Ich heiratete meine erste und beste Freundin Gabriela und erfahre mit ihr intensive Momente. Menschlich und intellektuell kann ich mich auch im Gymnasium entfalten, wo ich seit 15 Jahren unterrichte.

Die Herausforderungen in meinem Leben waren gut zu meistern. Ein ideales Leben also, mit einem Handicap: Es verführte leicht zur Selbstgenügsamkeit, zum Aufschieben mancher Pendenzen, bis diese sich vielleicht sogar selber erledigten. Kommunikativ beschränkte ich mich aufs Nötigste. Wogegen sollte ich mich auch auflehnen, wofür mich mit Worten besonders einsetzen? Mein Gottvertrauen sah alles in die richtige Richtung fliessen. Und den Rest erledigten mein Pflichtbewusstsein und mein Hang zum Perfektionismus.

So erlaubte ich mir, mit meiner Giesskanne manches Beetchen zu begiessen. Auch einige zu viel. Effizienzsteigerung war angesagt: schneller giessen bzw. mein Spritzinstrument mit grösseren Löchern versehen. Dies lief wie geschmiert, bis mir Herzrhythmusstörungen ernstzunehmende Grenzen aufzeigten. Es gelang die Beetchenzahl zu reduzieren, aber eine bisher unbekannte Grenzerfahrung prüfte mein Giesskannensystem erneut: Gabriela erblindete. Da nützten weder grosses Gottvertrauen noch Effizienzsteigerung. Blinde Menschen sind auch auf eine gute Kommunikation angewiesen, Gedanken, die sich nur im Hirn abspielen, gehen verloren. In der Blumen-

wiese unserer Beziehung hätte ich nur mit Kreativität neue Blumen zum Blühen bringen können. Ich versuchte stattdessen mehr aus der Giesskanne zu pressen, aber unter Druck bleibt Kreativität erst recht auf der Strecke. Ich hätte das Wasser über ganz neue Kanäle fliessen lassen und realisieren müssen, dass auch die eigene Giesskanne gewartet und gepflegt werden will. Ich lief Gefahr, vor allem nach aussen hin zu leben und mich selbst zu verlieren.
Ein Virus machte alle «Hätte» und «Wenn und aber» überflüssig: Es nistete sich in meinem Kanalsystem ein und verstopfte die Gefühlszugänge. Das Ganze führte zu einem Kollaps in der Schaltzentrale, die Giesskanne liess mich im Stich.

Ein Virus schaffte es, mich aus der Lebensbahn zu werfen. Ich schwirrte ab wie ein Astronaut in seinem Raumschiff, ohne die Möglichkeit Gegensteuer zu geben. Bereits war ich vom Bildschirm Dr. Reitelers im Kontrolltower verschwunden. Aber ich lebte noch. Ein Mensch stirbt erst, wenn er vergessen wird. Gabriela vergass mich nicht, obwohl sie dazu allen Grund gehabt hätte. Was sollte man mit einem Mann anfangen, der nicht im Stande war, Liebesbezeugungen zu erwidern? Ein Abbruch der Beziehung wäre allerdings schrecklich gewesen mit dem epileptischen Urschrei als letzte Erinnerung.

Das Cortison zauberte mich wieder auf den Bildschirm Dr. Reitelers, zurück in den Raum und die Zeit. Gabriela gelang es mit viel Liebe, eine noch viel wichtigere Grundkomponente menschlichen Lebens aus dem Schlaf zu erwecken: mein Bedürfnis nach Verbundenheit mit ihr, mit andern Menschen und mit der Umgebung. Sie blieb hartnäckig und hielt nichts vom viel gepriesenen Lola-Prinzip. Ihre chronische Krankheit lehrte sie, sich nicht einfach bessere Tage herbeizusehnen.
Gabriela wird nicht zu Schopenhauers Menschen zählen, die im Rückblick finden, «dass sie ihr ganzes Leben hindurch ad interim gelebt haben, dass das, was sie so ungeachtet vorübergehen liessen, eben ihr Leben war, in dessen Erwartung sie lebten ..., und, von der Hoffnung genarrt», dem Tode in die Arme tanzen.

Im Nirgendwo

Aussenperspektive

Paranoia
Die Tage vor dem Zusammenbruch waren unheimlich. Pausenlos hatte ich einen Mann an meiner Seite, der immer weiter weg driftete, dabei paranoide Sätze sprach und Verhaltensweisen zeigte, die ich überhaupt nicht einordnen konnte und die völlig unberechenbar waren. Was tun, wenn mein Mann ausrastet, mich angreift oder alles kurz und klein schlägt? Ich hatte Angst, besonders auch weil mir die nonverbale Kontrolle fehlte. Deshalb musste ich jede Sekunde mit meinem Mann in akustischem Kontakt sein, um sofort Veränderungen festzustellen und zu reagieren. Ich musste also uns beide schützen und führen. Mein Mann hat nur noch die existenziellen Funktionen essen, schlafen, zur Toilette gehen ausgeführt, alles andere musste ich ihm Schritt um Schritt befehlen. Während Wochen erbrachte ich eine doppelte Hirnleistung. Deshalb kann ich seit drei Wochen nicht ins Atelier, zuviel Konzentration brauche ich für meinen Mann. Mein Leben ist auf das nackte Überleben reduziert, eigene Bedürfnisse und Wünsche sind gestrichen. Noch weniger Intimität, noch weniger Bewegung für meine Muskeln. Mein ganzes soziales Netz trägt jetzt meinen Mann und nicht mich. Vielleicht rettet mich die Erblindung? Müsste ich das alles auch noch sehen, mir würde wohl endgültig schwarz vor den Augen werden. Und dazu kommen die finanziellen Sorgen. Werden wir beim Sozialamt landen?

Erschöpfung
Schreiben ist zu einem physischen Kraftakt geworden. Meine Hände zittern oft vor Erschöpfung, so dass ich die Finger nicht stillhalten kann, die Tasten deshalb verfehle oder mehrfach hintereinander antippe. Dieses Gezitter kommt von der ganzen Anspannung; die Zeit der extremen Bedrohung hat einfach zu lange gedauert. Das Erlebte taucht immer noch auf, wenn ich durch irgendeine Wahrnehmung an die Ereignisse erinnert werde oder an die Zukunft denke. Noch ist mein Mann in der Rehabilitation, wie kann ich als blinde Frau nach der Rückkehr an der Seite meines hirnverletzten Partners leben? Ich, die ich auf Strukturen und das Einhalten der Ordnung angewiesen bin? Was, wenn mein Mann weiterhin vieles vergisst? Offene Schranktüren oder nicht weggeräumte Gegenstände sind eine grosse Unfallgefahr für mich. Ich bin manchmal jetzt schon soweit, dass ich es aus Erschöpfung nicht mehr schaffe, einen Wollfaden einzufädeln. Muss ich wieder ganz von vorn anfangen? Wie vor einem Jahr?

Erinnerungsfragment

Das Überfallkommando – die Nummer 144 – nähert sich mit zwei Autos im Blaulichtintervall. Sie stürmen ins Schlafzimmer, schicken mich weg auf das andere Bett. Messgeräte werden angeschlossen und piepsen. Einer sagt: 9,5. Ich muss Fragen beantworten, die die Ärztin gleich in den Laptop tippt. Dann wird der starre Körper meines Mannes auf einen Stuhl geschnallt und die Treppe hinunter getragen. Das Treppenhaus ist zu eng für eine Bahre. Wollen Sie mitkommen? Nein, ich bin blind. Blinde können nie mitkommen, sie müssen da bleiben. Die Blaulichtsirenen ertönen erneut, allerdings in umgekehrter Lautstärke: von laut zu leise. Nur die Nachbarn können aus sicherer Distanz den Wegtransport sehen, sie kleben ihre Augen an die Scheiben. Dann ist alles vorbei. Die Totenstille nach dem Spuk. Ich weiss nicht, wohin sie meinen Mann verschleppen. Ob ich ihn jemals wieder in den Armen halten werde? Der intimste Raum, unser Schlafzimmer, ist entheiligt worden. Es wird nie mehr einen sicheren Ort geben. Ich selber weiss nicht, ob ich das Todes- oder Lebenskommando gerufen habe, ich weiss es bis heute nicht. Nacht für Nacht kommt die Guerilla wieder. Jede Körperzelle ist zur Geisel der Erinnerung geworden.

Kriegszitterer

Dieses Wort, das nach dem Ersten Weltkrieg das posttraumatische Zittern der Kriegsheimkehrer bezeichnete, trifft zu. Auch mein Zittern und dasjenige meines Mannes sind ein Ausdruck der übermenschlichen Anstrengung, die wir täglich leisten mussten, um zu überleben. Und weil auch das ganze Universum zittert, schliessen diese Erfahrungen uns an das universelle Nervensystem an. Raum und Zeit im unkontrollierbaren Rhythmus.

Orientierung

Wohlweislich schlage ich meinem Mann vor, in Zürich die Helferei beim Grossmünster im Voraus schon einmal aufzusuchen. Die Schriftstellerin Yanick Lahens wird dort in einer Woche eine Lesung halten, an der wir unbedingt teilnehmen möchten. Die ersten Ausflüge in die Stadt und ihre Einkaufszentren, in denen mein Mann jeweils den Ausgang nicht mehr fand, liessen mich vorsichtig werden. Mein Mann war zwar in Zürich aufgewachsen und kannte die Stadt wie seine eigene Hosentasche, zudem hatte er immer ein perfektes Ortsgedächtnis, aber ich wollte sicher sein. Die Szene, die sich bei diesem Ausflug abspielte, entbehrt nicht einer gewissen Komik. Wir zwei, eine Blinde und ein Hirnverletzter, irren eine Stunde lang im Niederdorf herum und suchen das eigentlich gut sichtbare Grossmünster! Orte müssen im Gehirn meines Mannes zuerst angeklickt werden; dann sind sie wieder da. Meistens genügt ein einziger visueller Eindruck direkt vor Ort und dieser ist wieder abrufbar. Es ist unsere grosse Aufgabe, soviel wie möglich in sehr kurzer Zeit wieder anzuklicken, damit wir uns sicher bewegen können und nicht herumirren.

Die Rückkehr der Musik
Zwei Träume hatten sie schon angekündigt: Die nächtliche Musik kehrt in mein Leben zurück. Es ging lange, zu lange. Zuerst musste der Raum dafür zurückkommen, mein Gehör musste sich von der Aufgabe befreien können, meinen Mann akustisch wahrzunehmen. Dafür muss ich allein sein. Nur dann lösen sich die Ohren von der immer noch lebensrettenden Registrierfähigkeit, die ich in den vergangenen Monaten aufgebaut habe. Ein dauernder Hörkontakt ist für mich unabdingbar, um die seismographischen Ausschläge der Epilepsie wahrzunehmen.
Die Erhöhung der Anzahl Lektionen, die mein Mann nun unterrichtet, bringt es mit sich, dass der Raum sich wieder schliesst und für die innere Resonanz erklingt.

Aura
Ich suche im Internet nach Infos zu den Epi-Ereignissen und erinnere mich, dass der Neurologe einmal etwas von Aura gemurmelt hat. Dazu finde ich einen äusserst beruhigenden Artikel. Auras sind Begleiterscheinungen vor Anfällen und können sehr unterschiedlich sein. Bei meinem Mann führen sie jedoch nicht zu einem Anfall, zumindest bis jetzt. Es sind viel mehr eine Art Entleerungen oder Spannungsentladungen, die das vegetative Nervensystem in Aktion setzen und kurze Ausfälle der Sprache und des Bewusstseins verursachen. Es sind eigentliche kleine Beben, die auch Erinnerungsfragmente beinhalten können. So lernen wir jetzt, wie wir damit umgehen können.

Die Rückkehr des Morgens
Zum ersten Mal bin ich wieder ein Kind des Morgens, gestalte das Erwachen in meinem eigenen Rhythmus. Mein Mann muss schon um 6.30 auf den Zug – so wie früher. Ich koste dieses Vergnügen voll aus. Es ist wieder meine Nacht, die beginnt, und nicht mehr der Tag, der mich in sein Korsett zwingt.

Überbüchst
Mein Mann erfindet dieses Wort, um seinen Zustand zu beschreiben. Ich finde das Wort herrlich und muss immer wieder von Herzen lachen, wenn ich daran denke. Wie aufmerksam er plötzlich mit mir umgeht. Manchmal bleibt mir die Sprache weg. Mein Mann hatte ein *burnin* – er ist zum Leben entflammt!

Absenzen
Die *petit mal*-Anfälle kommen und gehen nicht mehr, bis zu 20 Mal am Tag. Sie halten zurzeit alles gefangen. Stülpen mir eine grausame Käseglocke über, und jetzt, wo sie auch nachts von meinem Mann Besitz ergreifen, rauben sie mir den letzten Schlaf. Wie leben mit diesen Absenzen als blinde Frau? Sie sind so unheimlich, vor allem wenn der Kontrollverlust Flashbacks provoziert und die traumatischen Fragmente sich lösen, beim Geschirrspülen und in Sätzen wie: «Auf welcher Station bist du?» Und wenn ich keine Antwort gebe, nochmals dieselbe Frage, aber aggressiver. Speichelfluss, gefolgt von einem Schauerlaut, und er ist wieder da. Weiss nichts von alledem, war anderswo. Solche Flashbacks kommen völlig überraschend, von einer Sekunde auf die andere, und frieren die Motorik für einige Momente vollständig ein. Ich muss mich dann selbst beruhigen: Nein, es ist kein Rückfall, keine Paranoia, kein Alzheimer, sondern es sind die beschädigten Nervenzellen, einzelne Neuronen oder ganze Verbände, die sich entladen, immer und immer wieder. Für meinen Mann existieren diese kleinen Anfälle nicht. Sie sind seinem Bewusstsein nicht zugänglich. Das macht alles noch gespenstischer. Ich bin ganz allein damit. Sobald mein Partner in unserer Wohnung ist, ist mein Ohr konstant auf Empfang, Tag und Nacht. Es ist mein grosses Verantwortungsgefühl, das irgendeinen Unfall verhindern möchte und dafür akustische Informationen braucht. Meine Sinne sind durch die Blindheit so offen, dass kein Filter mehr vorhanden ist, der mir etwas Ruhe ermöglichen würde. Offene Sinne sind le-

bensnotwendig für mich. Ich weiss nicht, wie umgehen mit diesen Anfällen; ich spüre die elektrischen Entladungen in den Räumen, die mich sonst schon einsperren, und kann nicht raus. Atemnot macht sich vermehrt bemerkbar. Wem soll ich davon berichten? Was geht es andere Menschen an, wenn mein Mann selber nichts weiss und nicht darunter leidet? Mein Bewusstsein kann keine ihm adäquate und ihm gerecht werdende Schilderung abgeben.

Die Angst im Nacken
Wenn mein Mann nicht da ist, erwarte ich bei jedem Klingeln einen Anruf der Schule mit der Botschaft, ein solcher Epileptiker sei eine Zumutung, man müsse leider kündigen. Noch ist das ein Albtraum, aber auch der reicht schon. Mein Mann erhält viel Unterstützung und erfährt Wohlwollen von seinen Kollegen. Aber nach allem, was ich erleben musste, fällt es mir schwer, den Menschen blind zu vertrauen.

Zeitungsartikel
Ein Journalist vom *Tages-Anzeiger*, der ein Porträt von mir als blinde Künstlerin machen will, telefoniert mir. Bin ich denn noch Künstlerin? Ein halbes Jahr ohne Atelier und Farben. Ich hoffe, dass dieses Porträt nicht zu einem Epitaph wird.
Am 22. Juli kam der Journalist. Er war fasziniert vom Bild des Koraspielers. Obwohl er bis anhin keine Ahnung von diesem afrikanischen Instrument hatte, erfasste er das Bild intuitiv richtig. Erstaunlich, meine blinde Bildbotschaft kommt an. Das freut mich sehr, Ballaké Sissoko und die «Kora pearls» sind nicht nur ein Projekt, sondern auch ein Klangerlebnis.

Erstarren
Sehr gut spüre ich die Epi-Anfälle, wenn wir unterwegs sind und mein Mann mich führt. Der enge Körperkontakt lässt mich das Zittern und plötzliche Stocken im Bewegungsablauf sofort spüren. Solche Anfälle können auch provoziert werden, wie wir mit der Zeit erkennen. Plötzliche laute Geräusche wie das Zuknallen der Bustüre während des Einsteigens lösen Anfälle aus. Das ist jeweils peinlich, weil wir einige Sekunden regungslos verharren und alles blockieren, ohne dass die andern wissen warum.

Deleted
Mehr als 20 Jahre unseres gemeinsamen Ehelebens sind aus dem Gedächtnis meines Mannes gelöscht, weggekillt vom Virus. Weil ich nicht ein Mensch bin, der unentwegt in der Vergangenheit lebt, fällt das nicht ins Gewicht. Ich erschrecke jedoch immer noch, wenn das Gespräch per Zufall auf ein vergangenes Geschehen fällt und dann einfach ein Blackout eintritt. Mein Mann hat überhaupt keine aktive Erinnerung an den Beginn seiner Erkrankung. Das hat einen grossen Vorteil für ihn: Er leidet nicht unter traumatischen Erlebnissen – im Gegensatz zu mir.

Erinnerungsfragment
Ich irre in den Gehörgängen der Ärzte herum. Niemand hört mir zu. Blinde sind blöd, lese ich in ihren Gedanken. Auf den Gängen Lautlosigkeit, niemand will sich bei mir bemerkbar machen. Ich werde bewusst übersehen. Das ist das Vernichtende an der Sache, nicht zu existieren. Nur wer mich nicht sieht, hört mir zu und kommuniziert mit mir. Das Telefon löscht die Blindheit, dort klappen die Gespräche. Der Anblick einer Blinden ist für viele eine Zumutung, der sie ausweichen.

Lachen
Das so genannte Austrittsgespräch. Die fröhlichen, Hände reibenden Professoren erklären meinen Mann für absolut gesund. Ich frag dann mal kurz dazwischen, ob das Epimedi die Sexualität beeinträchtigen würde. Der Arzt schaut im PC nach. Da stehe nichts davon. Dann reden wir übers Autofahren. Auf Wiedersehen, alles Gute. Wir verlassen das Sprechzimmer, hinter meinem Rücken ertönt schallendes Lachen. Da hat wohl einer einen schmutzigen Witz über geile Blinde gemacht. An meinem Arm mein geliebter Mann, der nicht weiss, wie unsere Wohnung aussieht und wo das Salz versorgt ist. Zwei Stunden pro Woche die Ergotherapeutin. Alle restlichen Stunden ich, kostenlos. Jetzt, einige Wochen später, die Bilanz: Ohne mich würde mein gesunder Mann noch nach dem Salz suchen. Hätte ich nicht mit unendlicher Geduld und viel Phantasie mitgeholfen, die neuen Hirnstrukturen aufzubauen, wäre er in seinem beschädigten Nervensystem hängen geblieben. Kann es die Aufgabe einer Partnerin sein, das Leben ihres Mannes zu retten und mit ihm Tag und Nacht das Leben neu einzuüben? Kann das gut gehen?

Erinnerungsfragment
Wie sie alle zu schreien beginnen, meine verlassenen Körperzellen! Sie schreien nach der warmen Haut meines Mannes, nach seinem Duft, seinen zärtlichen Händen, seinem Mund, seinem Geschlecht, seiner Stimme. Nächtelang höre ich ihren Schrei. Monate ohne einen Liebespartner: die Hölle. So kann ich nicht leben. Die Sexualität war so wichtig, das einzige, was mir noch blieb und mich spüren liess: Mein Körper ist heil und gesund. Die epileptischen Entladungen verschlingen die gesamte Energie. Mein Mann liegt dick eingepackt im Bett mitten im Sommer. Ich komme nicht an seine Haut. Viel Liebe, ja, aber kein Begehren, keine Libido. Wegsediert. Und ich? Weiterschreien? Ich muss das alles begraben, jede Regung im Keim ersticken, sonst wird das Leiden wieder übermenschlich. Frigid werden, dem Leben zuliebe. Was man alles werden kann. Stört nicht die Libido, bis sie von selber erwacht!

Erinnerungsfragment
Sie bestimmen, wann ich zu meinem Mann kann. Meistens sind es Zeiten, die für mich und meinen Energiehaushalt äusserst ungünstig sind. Ich steige ins Auto meiner Begleitpersonen. Schon nach wenigen Minuten ist mir übel, weil die Lenkenden längst vergessen haben, dass sie sanft abbremsen sollten. Die Gewohnheit ist stärker. So ist mir schon beim Betreten des Spitals übel. Dann kommen diese stickigen Gänge und der kleine, vollgestopfte Aufzug. Oben nicht viel besser. Mein Mann liegt in einem sehr kleinen Zweierzimmer, mindestens zwei Wochen hinter einem gezogenen Vorhang, ohne direkten Blick aufs Fenster. Keine Toilette und Dusche im Zimmer, und das halbprivat. Er verwahrlost immer mehr; niemand schaut, dass er sich die Zähne putzt, das T-Shirt wechselt. Er liegt unter der Decke, den ganzen Tag. Essen, schlafen und zur Toilette gehen. Sein ganzer Lebensinhalt. Wenn ich Pech habe, steht draussen an der Tür, dass man das Zimmer nicht betreten darf und sich auf der Station melden sollte. Schrecksekunden und die hämmernde Frage – ist mein Mann gestorben, liegt er auf der Intensivstation? Nein, sein neuer Zimmerkollege hat die Schweinegrippe, daher gelten besondere Vorsichtsmassnahmen. Mein Mann hat eine Cytostatika-Infusion gegen Viren, die das Immunsystem schwächt, und man legt einen Patienten mit einer gefährlichen Infektion zu ihm ins Zimmer. Wer meint, ich würde übertreiben und hätte viel Phantasie, ist sehr naiv. Lebend ein Spital zu verlassen, ist auch in der Schweiz ein

Glücksfall. Ich geh dann wieder nach Hause, erneut die Autofahrt und der Wunsch, nie mehr da hinauf zu müssen und endlich aus diesem Albtraum zu erwachen.

Plaques
Plaques – ein schöneres Wort für Alzheimer – hingehaucht durch den Professor beim Austrittsgespräch blieb als schwarze Wolke unerklärt über uns hängen. Erst jetzt habe ich die Kraft, im Internet zu recherchieren. Da heisst es: Entzündungen im Mandelkern führen zu Ablagerungen, so genannte Plaques, die Alzheimer verursachen können.

St. Gerold
Während ich schreibe, hat für meinen Mann das Trommelseminar mit Pierre Favre in St. Gerold begonnen. Ich habe ihn dazu angeregt in der Überzeugung, dass, wenn ihm etwas besonders helfen wird, sein Leben in einen neuen Rhythmus zu bringen und seine desorientierten Neuronen in gesunde Bahnen zu lenken, es dazu einen Musiker und Freund braucht wie Pierre. Dieser ist bedenkenlos bereit, ihn am Kurs teilnehmen zu lassen. Ob das Abenteuer gelingen darf? Es ist so schwierig für mich, meine Hirnstrukturen von den seinen zu lösen. Es muss aber sein. Wie werden die Menschen mit seiner Schutzlosigkeit umgehen?

Nachricht
Mein Mann ruft mich aus St. Gerold an: Er weint vor Glück und kann kaum sprechen. Dieser Moment erinnert mich an seinen Anruf aus dem Spital, den ich nach der Cortison-Infusion erhalten hatte und der mir sofort klar machte: Mein Mann ist zurück. Es ist wirklich so, dass alle Momente und Symptome nochmals kommen und bewusst durchlebt werden müssen. Vielleicht mehrmals? Diesen Moment erlebe ich gerne noch einige Male. Pierre ist sehr einfühlsam und sagt ihm während der Vorstellungsrunde: Die Gruppe trägt dich. Diese heilsame Erfahrung wird meinen Mann noch mehr zu sich zurückbringen. Ich kann nur staunen, was das Leben mir für Menschen zur Seite stellt. Und ich bin ganz sicher, irgendwann kommt auch für mich wieder ein Mensch in meine Dunkelheit. Ich warte geduldig auf dieses *blind date*.

Geglückt
Das Abenteuer St. Gerold ist mehr als geglückt. Mein Mann hat diese Woche grossartig gemeistert, ohne nennenswerte Zwischenfälle. Pierre hat ihm wunderbare Sätze mitgegeben, wie: «Du hast eine starke Präsenz.» In allen besorgniserregenden, unheimlichen Absenzen könnte mir kein Wort wohler tun. Wir sind beide ganz glücklich. Genau jene Solidarität dürfen wir nun erfahren, die wir selber immer auch mit den Menschen teilen wollten.

Im Fluchtpunkt

*Im Fluchtpunkt der Wörter
schreiben
nicht an deren Rändern
wo der Mensch
den Menschen nicht
vor dem Menschen
bewahren kann*

Im Fluchtpunkt

Für alle HES-Opfer

Im Fluchtpunkt

Wäre ich in Amerika aufgewachsen und hätte dort meinen Militärdienst geleistet, könnte man meinen, ich sei eine jener Kriegsveteraninnen, die in Afghanistan oder im Irak zu Heldinnen geworden, in Wahrheit aber als Nullen zurückgekehrt sind: Vom hero zur zero – wie die Rückkehrenden ihren seelischen und körperlichen Zustand selber bezeichnen. Nun bin ich aber keine Amerikanerin, sondern eine waschechte Schweizerin. Ich komme auch nicht aus einem Krieg zurück, sondern aus einer Klinik. Man könnte demnach der Ansicht sein, meine Geschichte hätte nichts mit den Nullen aus dem Afghanistaneinsatz zu tun. Hat sie auch nicht, geographisch gesehen. Sie hat nur eine eklatante Hirnverwandtschaft, die zugegebenermassen jeglicher Logik entbehrt. Man kann einfach nicht eine Überlebende eines Einsatzes bei 61 Grad Aussentemperatur im unwegsamen afghanischen Berggelände mit einem fünftägigen Aufenthalt auf einer Intensivstation bei 32 Grad Körpertemperatur vergleichen. Das Endprodukt allerdings schon.

In der zweiten Jahreshälfte 2011 erforderte eine Infektion einen Spitalaufenthalt. Aus einer harmlosen Diagnose entwickelte sich innerhalb weniger Stunden eine äusserst dramatische Situation. Ich wurde intensivmedizinisch behandelt und ins künstliche Koma versetzt. Dies geschah gegen meinen Willen, den ich in einer schriftlichen Patientenverfügung dargelegt hatte.

Die Textcollagen «Im Fluchtpunkt" widmen sich den Folgen, die intensivmedizinische Eingriffe haben können und von denen niemand spricht. Sie orientieren sich am Dreiklang Körper, Geist und Seele. Am Schluss werden die wichtigsten verwendeten medizinischen Begriffe erklärt.

Interview mit der TV-Sendung Rundschau, Januar 2013

Rundschau: Was genau ist passiert?

Im August 2011 hatte ich mich während eines ganzen Tages erbrochen. Als sich mein Zustand nicht besserte, ging ich davon aus, dass etwas Gravierendes vorliege, und begab mich gegen 5 Uhr morgens mit der Ambulanz in die Klinik. Dort stellte man fest, dass ich eine Nierenbeckenentzündung hatte, und ich stimmte dem Vorschlag zu, mir *pigtails*, kleine Röhrchen, in die Blase legen zu lassen, um den Urinfluss zu gewährleisten. Ein kleiner Eingriff von 20 Minuten. Der OP-Termin wurde auf 14 Uhr festgelegt. Bis dahin wurde ich mit Röntgenaufnahmen und weiteren Untersuchungen geplagt und hatte furchtbaren Durst. Ab da weiss ich nichts mehr. Fünf Tage danach erwachte ich auf der medizinischen Abteilung. Wie ich viel später erfuhr, hatte ich beim Einleiten der Narkose einen septischen Schock erlitten und wurde intensivmedizinisch behandelt. Das Bakterium, das der Nierenbeckenentzündung zu Grunde lag, hatte sich in der Zeit, in der ich auf die OP warten musste, im ganzen Körper ausgebreitet und mich tödlich vergiftet. Ich erlitt einen septischen Schock mit Organversagen. Um die Überlebenschancen zu erhöhen, wurde ich in ein künstliches Koma versetzt. Zur Freude aller erholte ich mich sehr schnell und sehr gut, so dass ich nach 3 Wochen entlassen wurde.

Rundschau: Und wie haben Sie erfahren, dass man Ihnen im künstlichen Koma, das auf den septischen Schock folgte, HES-Infusionen verabreichte?

Einige Wochen nach Spitalaustritt verschlechterten sich meine Nierenwerte. Zuerst nur in kleinen Schritten, bis ich im Dezember 2012 auf Stufe 4 der Niereninsuffizienz angelangt war. Mein Arzt und ich konnten nicht verstehen, was da geschehen war, hatte ich doch die Klinik mit völlig normalen Nierenwerten verlassen. Die durch das Bakterium verursachte Einbusse der Funktion betrug 15 Prozent. Ich hatte keine weiteren Infektionen mit Entzündungen.

Rundschau: Haben Sie daran gedacht, dass der Schaden durch den Diabetes bedingt sein könnte?

Ja, in der Tat tragen Diabetiker mit so langer Krankheitsdauer – bei mir sind es 40 Jahre – ein erhöhtes Risiko für Nierenschäden in sich. Meine Werte waren jedoch stabil im Bereich einer Mikroalbuminurie dank wirksamer Medikamente, den ACE-Hemmern. Wären meine Nieren in schlechtem Zustand gewesen, hätte ich sowieso keine Chance gehabt, den septischen Schock zu überleben. 50 Prozent der Betroffenen sterben an Organversagen. Dies ist eine sehr hohe Todesrate. Das Rätsel um meine Nierenwerte blieb ungelöst bis zu jenem Tag im November 2012, an dem mein Mann nach Hause kam und berichtete, dass er zufällig im *Tages-Anzeiger* auf einen Artikel gestossen sei zum Thema Sepsis und septischer Schock. Er las mir den Artikel vor und dann war auf einen Schlag alles klar: Ich war wahrscheinlich auch ein Opfer der HES-Infusionen, eines Blutexpanders, der nach den Ergebnissen neuster Studien zum akuten oder chronischen Nierenversagen führt. Wir konsultierten augenblicklich die Liste der Medikamente, die ich in der Klinik erhalten hatte, und fanden mehrere Liter der Infusionslösung Voluven. Zufällig hatten wir die Medikamentenliste für die Abrechnung mit der Krankenkasse aufbewahrt. Der Spitalbericht liefert keinen Hinweis auf die HES-Infusionen.

Rundschau: Und was ging da in Ihnen vor?

Mich packte das grosse Entsetzen. In meinem Leben hatte ich schon viele Schicksalsschläge zu verkraften gehabt. Diese jedoch waren nicht durch Menschen verursacht. Der menschliche Körper ist nicht perfekt, sondern pannenanfällig. In diesem Fall jedoch gibt es Verantwortliche für mein Leiden. Diese physische Gewalt ist sehr schwer zu verkraften. Stellen Sie sich vor: Es gibt keine schutzlosere Situation als die eines Menschen im Koma.

Rundschau: Warum, glauben Sie, haben die Ärzte so gehandelt?

Ich weiss es nicht. Gleichgültigkeit, Gedankenlosigkeit. Man muss nur eins und eins zusammenzählen können, um solche Fehler zu vermeiden. Es gibt ja mehrere alternative Produkte, Blutexpander wie HES, die die Nieren nicht schädigen. Aber anscheinend wissen die nichts davon. Im Januar 2011, also einige Monate vor meinem Spitaleintritt, war, wie eine Publikation im *Spiegel* zeigt, längstens bekannt, dass HES-Infusionen nierentoxisch sind bei septischem Schock. Leider sind die Infusionen noch immer zugelassen.

Rundschau: Was fordern Sie von Swissmedic?

Mindestens den sofortigen provisorischen Stopp der Zulassung für HES-Infusionen. Weitere Studien laufen, und bis die Resultate stehen, soll man mit diesem Töten aufhören.

Rundschau: Wie spüren Sie die Niereninsuffizienz?

Ich habe oft Bauchschmerzen und muss mich übergeben, manchmal tagelang. Weil die Nieren das Wasser nicht mehr ausscheiden können, muss ich Medikamente schlucken. Meine Mundschleimhäute sind total versalzen, der Geschmackssinn ist zerstört. Neben der Diabetesdiät muss ich nun auch noch Nierendiät halten, das heisst auf Salz und tierische Eiweisse verzichten. Hinzu kommen Schlaflosigkeit, Schwindel und eine grosse Erschöpfung. Mit 30 Prozent Nierenfunktion gehen Sie nicht mehr weit. Muskelschmerzen und Gelenkschmerzen schränken die Mobilität ein. Manchmal kann ich tagelang die Wohnung nicht verlassen, weil ich die Treppen nicht schaffe. Äusserst mühsam ist auch der dauernde Juckreiz, den die HES-Infusionen verursachen und der über Jahre bestehen bleibt.

Rundschau: Was haben Sie für eine Prognose?

Es gibt keine. Der menschliche Körper ist zu komplex, um sichere Voraussagen machen zu können.

Rundschau: Warum haben Sie sich bei der Rundschau gemeldet?

Tatsächlich könnte ich mich jetzt in mein Schneckenhaus zurückziehen. Ich habe jedoch alle meine Kräfte mobilisiert und nehme meine Verantwortung wahr. Alles, was ich noch tun kann, ist reden. Ich möchte noch in den Spiegel schauen können – natürlich im übertragenen Sinn – und nichts unversucht lassen. Man muss die Menschen auf den Intensivstationen schützen. Niemand soll mehr so leiden müssen wie ich. Ich wohne an der Strasse, die zum Kantonsspital führt. Jedes Mal, wenn die Ambulanz mit eingeschaltetem Alarm vorbeifährt, stockt mir der Atem und ich denke: das nächste HES-Opfer … Ich habe viel geschrieben in den letzten Monaten, um das alles zu verarbeiten. Im Haus des Sterbens gibt es keinen Handlauf für jene Menschen, die aufstehen gegen das Töten.

Körper: Wortsedimente aus dem septischen Schock

«…Der Kampf gegen eine Sepsis stellt für den Patienten eine Extremsituation dar, die Psychologen mit den traumatischen Situationen durch Kriege, Gewaltverbrechen oder durch einen schweren Unfall vergleichen.»

(Zitat aus Focus Online, Artikel Schmerzen an Leib und Seele)

Eine ganze Armee marschiert im Gleichschritt durch den *cortex frontalis*. Der Ausnahmezustand. In der Nachtstille der Widerhall noch unheimlicher, wie Hammerschläge auf den stahlharten Amboss. Abstellen, endlich diesen Lärm abstellen. Keine Chance, der Aufmarsch geht weiter. Das Herz macht mobil, die Bluttruppen sind bereit. Gnadenlos der Takt im Ohr, tödliche Bedrohung an der Gefässfront, der Feind im Anmarsch. Durchexerzieren immer wieder, den Körper nach dem Eindringling abscreenen und -scannen, rechtzeitig Alarm schlagen, die Sirenen heulen lassen. Dem bakteriellen Vernichtungsschlag ein weiteres Mal entkommen. Kriegszitterer-Dasein.

Blutdruck gegen die 240. Demarkationslinie überschritten. Bakterien im Urin, Entzündung im Blut. Ein Körper im Kriegszustand. Schon wieder. Schuld sind die Schweineschwänze, die *pigtails* in der Blase. Bei deren Entfernung hat der Urologe ein Bakterium die Harnröhre hinauf geschwemmt. Pech gehabt. Kommt immer wieder mal vor. Die Körperzellen haben sich erinnert und über das Blutsystem Alarm geschlagen, bevor es zur Eskalation kommen konnte. Hypervigilanz infolge des Traumas, septischer Schock, Koma – vor zwei Monaten. Ursache damals : Blutvergiftung durch Koli-Bakterium. Ursache aktuell: Kollateralschaden. Das Erinnerungsmuster und die Realität deckungsgleich, überdurchschnittlicher IQ des Körperzellgedächtnisses, verkappte Genies. Sie hat alles in ihrem Herzen bewahrt.

Literweise Wasser in das Gewebe und die Organe gepumpt. Das Bakterium rausschwemmen. Aufgedunsene Körperteile, liegt da, und weiss von nichts. Weiss nicht, dass sie an sich selbst ertrinkt. Kann nicht sehen, wie aufgeblasen sie ist. Weiss nur, kann den Mund nicht finden mit den Fingern, kann die Worte nicht finden mit dem Mund. Weiss nicht, dass ein Schlauch im Hals steckt. Kann nicht sehen, wo sie liegt. Weiss nicht, dass sie liegt, angeschwemmt im Niemandsland. Hat Durst mitten im Ertrinken. So einen Durst. Bettelt um ein Glas Wasser, weiss nicht, dass der Schlauch im Hals die Wörter erstickt. Durchhalten, so viele Menschen müssen ohne Wasser leben. Jetzt hat sie wieder so geredet, sagt eine Stimme. Wer ist im Raum? Ruft nach ihrem Mann. Weiss nicht, dass der Schlauch im Hals alle Laute verschluckt. Warum antwortet er nicht? Er ist doch im Raum. Eine wohlige Wärme durchströmt sie. Ist ein Fluss. Liegt in ihren Exkrementen. Die vorwurfsvolle Stimme: Warum haben Sie denn nicht geläutet? Weiss nicht, was läuten ist. Im Slum von Port-au-Prince gibts keine Klingel. Ist im Zustand des -*sum*. Das *cogito ergo* ist narkotisiert und liegt im Koma.

Aus dem eigenen Körper herauskatapultiert durch einen Schock. Gefüttert werden. Schon in der Notfallaufnahme alles Eigene abgeben wie in der Garderobe den Mantel. Bloss kein Nummernschild, um es wieder einzulösen. Sich der Verfügungsgewalt beugen, entleiben lassen. Beatmet werden. Eine unendlich grosse Distanz legen zwischen Haut und Haar. Gewickelt werden. Da liegt ein künstliches Schlauchwesen: Ein Schlauch zum Atmen, ein Schlauch zum Essen, ein Schlauch zum Trinken, ein Schlauch für das Rocephin, ein Schlauch für das Herz, zwei Schläuche für den Harnfluss. Geschlauchtes Leben im künstlichen Koma. Wochen später sind alle Schläuche noch da. Die Träume verfangen sich im Schlauchgewirr. Kann ihn nicht mehr abstreifen, diesen künstlichen Schlauchkörper. Der echte liegt noch in der Patientenaufnahme. Wer holt ihn für sie ab?

Die Berichte von Betroffenen im Internet. Niemand nimmt das Wort in den Mund. Ein Tabu. Das Wort steigt jedoch immer wieder in ihr auf. In seiner Tragweite so unfassbar, dass sie daran zweifelt, ob es denn wohl angebracht und nicht vermessen sei, in ihrem Kontext dieses Wort zu verwenden. Drei Versuche, alles Fehlschläge. Also besser schweigen. Die Qualen sind jedoch so gross, dass nur dieses Wort der inneren Wahrheit standhält. Kommt es denn wirklich auf die Absicht der Schmerzerzeuger an? Kommt es im Erleben dieser Zustände darauf an, ob der Täter quält, um Leben zu verlängern oder seine sadistische Lust zu befriedigen? Wo ist der Unterschied? Sie kann ihn einfach nicht finden. Zerstörte Muskelzellen, zerstörte Nervenzellen, gebrochene Organe. Ein Weiterleben im Flickwerk, das an allen Enden ausfranst. Hatte sie doch schriftlich Wort für Wort verfügt, dass man das alles nicht mit ihr tun dürfe. Vergeblich. Eine junge Tote schadet der Spitalstatistik und dem Image. Die Aufgabe des Arztes ist Leben zu retten. Nur, geht es denn da um den Arzt? Dennoch erwägt sie keine rechtlichen Schritte. Das Leben hat letztlich so entschieden und nicht der Arzt oder sie. Sie hat auszuhalten. Jeden Morgen drückt sie nun mit schalem Geschmack im Mund nach der Dusche den Stempel auf die Haut über ihrem Herzen. *No cpr* – keine Reanimation. Jemand muss sich doch ihrer erbarmen. Diese Hoffnung darf nur mit ihr zusammen sterben.

Sie zuckt zusammen und schreit und schreit. Jemand rammt ihr eine messerscharfe Eisenkralle in die Unterseite des rechten Handgelenks. Noch einmal und noch einmal, immer wieder. Dann dasselbe links und dann wieder rechts. Sie will ihre Hand zurückziehen, aber sie wird mit Gewalt festgehalten. Sie schreit, warum hört er nicht auf? Was tut er mit ihr? Sie kann sich nicht wehren gegen diesen grausamen Schmerz. Dann wirft dieser Jemand ihre Hand weg, lässt sie fallen wie einen plumpen Sack. Sie weiss sofort: Sie ist eine Aufgegebene. Sie bittet darum, dass man ihren Mann holt und sie ins Hospiz bringt. Dann beginnt sie zu beten und ärgert sich, dass ihr nichts Besseres einfällt als das Vaterunser. Sie kommt nicht weit. Alles löscht sich aus. Noch Monate später zuckt sie im Schlaf wie ein galvanischer Froschschenkel und stöhnt vor Schmerz. Was einen zu Tode verurteilten Menschen am meisten quält, ist die Tatsache, dass niemand beim Vollzug der Todesstrafe seine Hand halten wird. Wer einen Menschen so fallen lässt, richtet ihn hin.

«Was hat sie gesagt? Sie hat Epilepsie? Auch das noch. Nein, nein, nicht sie, aber ihr Mann. Wir können uns nicht auch noch um die Angehörigen kümmern.»

So grosse Sorgen macht sie sich um ihren schwerkranken Mann. Er muss doch die Medikamente nehmen und jemand muss dies überwachen, sonst gibt es einen Rückfall und das wäre zu diesem Zeitpunkt fatal. Wie heisst denn nur sein Arzt? Sie müssen ihm telefonieren und sagen, dass sie nicht zu ihrem Mann schauen kann. Sie ruft und ruft, bis endlich jemand kommt. Sucht die Wörter und Sätze im komatösen Gehirn. Sie muss die Botschaft rüberbringen, es geht um Leben und Tod. Kraftlos fällt sie zurück, niemand hat sie verstehen wollen, sie hat den Wortwechsel zwischen den Krankenschwestern mitbekommen. Wie unendlich traurig sie ist. Eine solche Gleichgültigkeit kann nur in der Hölle herrschen. Sie muss wohl dort angekommen sein.

Aber sie ist doch mit dem Leben davongekommen. Das wäre doch ein Grund zur Dankbarkeit. Alle freuen sich, dass sie noch da ist. Und schon sind sie weg. Sie wittern Gefahr. Sie ist nicht mehr wie früher. Früher hat sie das Leben gezeichnet mit den Farben der Liebe. Heute ist sie eine vom Leben Gezeichnete. Wenn sie nur wüssten, nur ein bisschen wüssten. Diese Sehnsucht nach Wissenden, die immer wieder am Horizont der vielen Erwartungen zerschellt. Bettseitig ihr Mann, jeden Abend betrachtet er sie liebevoll beim Schlafen. Schön hat sie ausgesehen, damals im Koma, ganz friedlich. Gerne hätte er sie geküsst, aber die angeklebten Schläuche liessen kein bisschen Haut übrig. Sie weiss, es geht nicht um sie im weiteren Leben als Davongekommene. Es geht um ihre Gegenwart. Jemand muss da bleiben, wenn alle weggehen. Wer geliebt wird, bleibt da. Liebende sind Dableibende. Weggehen kann nur, wer nie da war.

«So, heute ziehen wir Ihre Magensonde.» Was Magensonde!? Hat sie denn eine Magensonde? Aber sie hat doch gerade gefrühstückt. Natürlich hat sie gemerkt, dass schon nach zwei Bissen der Magen klemmt und der Appetit verschwindet. Warum hat ihr denn niemand gesagt, dass sie künstlich ernährt wird und aus welchem Grund? Sie sollte doch durch einen kurzen operativen Eingriff *pigtails* in die Blase bekommen. Das würde etwa 20 Minuten dauern. Eine kleine Sache. Sie versteht nichts und ist so müde. Es wird Tage brauchen, bis ihr einfällt, den Arzt zu fragen, ob sie denn einen septischen Schock erlitten habe. Woher sie diesen Fachbegriff kennt, weiss sie nicht. Die Antwort lautet: «Ja, das kann man so sagen.» Mehr ist nicht zu erfahren. Sie muss das später selber alles nachlesen im Spitalbericht und im Internet. Sie ist als gesund entlassen worden. Die Intensivpflege wird jedoch erst nach dem Austritt beginnen.

Sie liegt auf dem Rücken. Normalerweise schläft sie in Seitenlage. Sie will sich drehen. Verflixt, warum geht das denn nicht? Aber wenigstens das Bein etwas nach oben ziehen. Geht auch nicht. Sie rutscht wieder nach unten und muss warten, bis die Krankenschwester sie nach oben in den Kissenberg hievt. Wie lange liegt sie denn eigentlich schon? Es ist doch Tag und sie liegt noch immer im Bett. Irgendwas stimmt nicht. Das Wort gelähmt fällt ihr nicht ein. Ja, sie hat viel Wasser im Körper, sagt der Besucher zur Physiotherapeutin, die sie anregt, die Zehen zu bewegen. Wasser? Was für Wasser? Der Mensch wurde zum Menschen, als er anfing, aufrecht zu gehen. Noch steckt sie im Übergang vom Wasser zum Land. Sie wird mit Hilfe eines Eulenburgs ihren ersten Schritt machen und Muskelzelle um Muskelzelle, Nervenzelle um Nervenzelle Mensch werden. Steh auf und geh!

Geist: Reflexionen und Präzisionen

Tabus
Der Spitalbericht vermerkt das Vorhandensein meiner Patientenverfügung und die Verabreichung von HES mit keinem Wort. Ich hatte eine Kopie des Berichts beim Schlussgespräch verlangt, aber nie eine solche erhalten. Erst auf mein Drängen wurde mir der Bericht später ausgehändigt. Während der Spitalzeit und auch danach führte niemand ein Gespräch mit mir, in dem die Verfügung erwähnt wurde. Bei den Visiten hatte ich immer das Gefühl einer starken Beklemmung. Ein Tabu schwebte buchstäblich im Raum, und die Angst, dass ich eine Frage stellen könnte, lag dick in der Luft. Da ich ja über keinerlei Wissen verfügte in Bezug auf das, was man alles mit mir gemacht hatte, und Denken in grösseren Zusammenhängen im Monate dauernden, nachkomatösen Zustand unmöglich war, konnte ich damals keine konkreten Fragen stellen. Was genau in den fünf Tagen meines Komas mit mir gemacht wurde, ist bis heute tabu. Der Spitalbericht gibt keine Auskunft. Fünf Tage meines Lebens sind einfach verschwunden, haben aber deutliche Spuren hinterlassen und viele Fragen. Einen ausführlichen Einblick in meine Akten müsste ich gerichtlich erzwingen. Bei einer solchen Tabuisierung müsste ich allerdings mit einer zurechtgestutzten Version rechnen.

Jeder Mensch, der einen septischen Schock erleidet und ins künstliche Koma versetzt wird, kommt auf die Intensivstation. Zuständig für die Durchführung der Interventionen ist der Anästhesist. Weil die Massnahmen möglichst schnell erfolgen müssen, weiss dieser nicht, was für ein Mensch vor ihm liegt. Oft betreut der Anästhesist gleichzeitig mehrere Patienten und switcht von Narkose zu Narkose.
Der nach aussen vermittelte Eindruck von hochspezialisiertem Wissen täuscht: In der Intensivmedizin gibt es für viele Eingriffe und über die Wirksamkeit von Medikamenten wenige durch Studien gesicherte Daten. Weil die Patienten sich mehrheitlich in kritischem Zustand befinden, können sie keine Einwilligung für das Mitwirken in einer Studie geben. Oft ist es einfach ein Ausprobieren, also reine Glückssache, ob die Massnahme nützt oder schadet. Das aktuellste Beispiel dafür sind die HES-Infusionen, die während mehr als 40 Jahren zu den meist verwendeten Medikamenten der Intensivmedizin zählten, obwohl sie auf einer falschen Grundannahme basierten. Dass selbst die Gabe von Narkosemitteln noch nicht befriedigend gelöst werden konnte, zeigen die Patienten, die

ein so genanntes Awareness-Syndrom erleben müssen. Sie sind trotz der Narkose hellwach und registrieren alles, können sich aber in keiner Weise bemerkbar machen. Computerbilder von Hirnaktivitäten erfassen nur bestimmte Bereiche und können keine verlässliche Auskunft über die Narkosetiefe geben. Meistens bleiben die Betroffenen mit ihrer Erfahrung allein, weil sie Angst haben, darüber zu sprechen. Kaum ein Narkosearzt wird seine Patienten vor dem Eingriff auf die Möglichkeit eines Awareness-Syndroms aufmerksam machen oder nach dem Erwachen eine Rückfrage stellen.

So bleiben auch für mich die schrecklichen Erfahrungen im Narkose-Tiefschlaf, der alles andere als ein Schlaf war, an die unbeantwortete Frage gebunden, wie denn ein Narkosearzt wissen kann, wie viel Narkosemittel ich benötige, um mein Bewusstsein während Tagen zu sedieren. Tatsache ist, dass ich Dinge registriert habe, von denen ich besser nichts wüsste.

Sehr viele schwerwiegende und gefährliche Massnahmen sind allein den Entscheidungen der Intensivmediziner überlassen. In den hoch spezialisierten medizinischen Bereichen hat ein einziger Mensch die grenzenlose Verfügungsgewalt über Leben und Tod. Wer überprüft den korrekten Umgang mit dieser Macht?

Ich weiss nicht, wer der Mensch war, der mich intensivmedizinisch betreut und mir die lebensbedrohlichen HES-Infusionen verabreicht hat. Kein Anästhesist hat im Nachhinein mit mir gesprochen; der Spitalbericht enthält keinen Namen. Dieses Etwas bleibt irgendein anonymes Wesen ohne menschliche Züge. Wie unheimlich! Auch das Pflegepersonal der Intensivstation hat sich in den zwei Wochen, die ich anschliessend auf der medizinischen Abteilung verbrachte, nie bei mir vorgestellt. Ein ungutes Gefühl.

Auf dem Hintergrund dieser Intransparenz und eigenartigen Verschwiegenheit stellt sich auch die Frage, ob meine Nierenbeckenentzündung von Anfang an richtig eingeschätzt und schnell genug behandelt wurde. Waren sich die Ärzte der Gefahr eines septischen Schocks überhaupt bewusst?

Bedeutung der Sprache
Die körperlichen, geistigen und seelischen Schädigungen intensivmedizinischer Massnahmen können zur Folge haben, dass ein Betroffener für immer die Sprache verliert. Wie sollen Ärzte je erfahren, was ihre Handlungen bei einem Patienten auslösen, wie dieser sie wahrnimmt und worunter er leidet, wenn das direkte Feedback fehlt? Vermutungen werden durch die Blockade der direkten verbalen Kommunikation keine Korrekturen erfahren, und das Bewusstsein für die Dimensionen von Eingriffen kann sich nicht verändern.

In einem künstlichen Koma fehlt dem Betroffenen die Sprache. Zum einen verhindert der Beatmungsschlauch das Sprechen, und die Muskeln sind durch die Narkosemittel gelähmt. Zum anderen wird – davon geht man zumindest aus – das sprachliche Bewusstsein ausgeschaltet. Nach der Rückkehr aus dem Koma konnte ich nicht sprechen. Die grossen Flüssigkeitsansammlungen im Gesicht, so genannte Ödeme, blockierten die Muskeltätigkeit. Die Fähigkeit des Sprechens kam nach und nach zurück. Die Wiederbelebung der Sprache dauert bis heute an. Auch dieses Manuskript muss ich mir abringen. Ein blinder Mensch, der am PC schreiben will, braucht eine starke Konzentrationsfähigkeit, weil alle Befehle über Tastenkombinationen laufen. Die Maus kann er nicht benützen. Längeres Schreiben am PC war anfänglich unmöglich, da das künstliche Koma fast alle zuvor mühsam erlernten und im Hirn gespeicherten Befehle wieder gelöscht hatte. Meine schwer beeinträchtigte Konzentrationsfähigkeit und die immer wieder auftauchenden Erinnerungsfragmente, die sich zwischen den Schreibprozess schieben, erschweren das Schreiben. Schreiben aber, das war mir immer bewusst, war die einzige Möglichkeit ins Leben zurückzukehren. Einer meiner Träume versinnbildlicht die existenzielle Bedeutung dieser sprachlichen Wiederbelebung.

Er sass auf der steilen Treppe. Zusammengekauert und geduckt, als müsste er seine zerbrechliche Oberfläche verringern, um ganz wenig Angriffsfläche zu bieten. Dünne Haut über Knochen und Sehnen, filigraner Organismus. Ich näherte mich dieser mumifizierten Gestalt, das Herz voller Mitgefühl, und blickte in das Gesicht. Diese unglaublich klaren Augen, die alles zu durchdringen schienen. Kein Lidschlag, in die Weite gerichtet.

«So schön, Ihre Bilder», hauchte eine leise Stimme. Sie sprach französisch, gebrochen und mit langen Pausen. Das Sprechen, eine grosse Anstrengung, beinahe eine Qual, unverdaute Lautbrocken, die rückwärts die Luftröhre heraufdrängten.

«Die Schönheit der Frauen, ihr Duft nach Vanille, und dann die Poesie, ja die Poesie.» Die Stimme versickerte im Rinnsal der Erinnerung. Stille. Ich hatte mich ganz zu diesem Greis gebeugt, hatte verstanden. In meinen Bildern hatte ein bis aufs Fleisch Ausgeraubter die Sprache wieder gefunden. «Die Poesie, ja die Poesie, surtout la poésie.»

In einem Gesicht alle zu Tode Gequälten dieser Erde, und in einem Wort das Darüberhinaus.

Bedeutung des Sprechens
Traumatisierte Menschen haben ein grosses Mitteilungsbedürfnis. Wie ein Mantra wiederholen sie Bruchstücke des Erlebten und strapazieren damit die Geduld der Gesprächspartner. Deshalb ist es wichtig, dass die Zuhörerinnen und Zuhörer wissen: Es handelt sich dabei nicht um einen Tick, sondern um ein entscheidendes Element in der Verarbeitung des Geschehens. Der traumatisierte Mensch hat schon einen langen Weg zurückgelegt, wenn er überhaupt wieder mit Sprechen beginnt. Die Wiederholung ist Ausdruck der Trigger, jener unkontrollierbaren Auslöser, die bestimmte Ereignisse immer wieder wie einen Film vor dem inneren Auge ablaufen lassen. Da es jeweils der gleiche Film ist, der sich wie von Geisterhand zwischen die Gegenwart und die Vergangenheit schiebt, kann der Betroffene auch stets nur in gleicher Weise davon erzählen. Dieser Versuch, dem Gegenüber etwas vom erlebten Horror zu vermitteln, ist für traumatisierte Menschen sehr riskant. Ohne die Gabe des Gedankenlesens besitzen zu müssen, erraten sie intuitiv, was im Kopf des Gesprächspartners vor sich geht. Es sind oft Gedanken wie: Jetzt kommt diese Geschichte schon wieder. Gibt es denn wirklich keine andern Themen mehr? Hört denn das nie auf? – Genau das ist das Problem: Es hört nie auf. Die meisten Menschen ertragen eine hoffnungslos scheinende Situation nicht und meiden den Kontakt.

Wenn ich in einem Gespräch spüre, dass ich mein Gegenüber nicht erreiche oder überfordere, reagiert mein Körper sekundenschnell mit Schüttelfrösten. Nur mit grösster Mühe kann ich sichtbare Zuckungen vermeiden. Diese Schüttelfröste dauern jeweils mehrere Stunden. Auch der Körper spricht. Diese körperliche Überwachheit oder Hypervigilanz gehört zu den so genannten posttraumatischen Belastungsstörungen. Dabei steht das Nervensystem ununterbrochen unter Hochspannung. Aus der traumatischen Erfahrung der plötzlich hereinbrechenden existenziellen Bedrohung hat der Körper gelernt, in Alarmbereitschaft zu sein, um jederzeit einer erneuten Gefahr ausweichen zu können.

Die Fähigkeit, einen traumatisierten Menschen nicht fallen zu lassen, besteht darin, dass ein Mensch erkennt: Der Sprechversuch, mag er auch noch so aufreibend sein, ist immer ein Versuch, eine Brücke zu bauen. Oft braucht es nur eine Nachfrage oder die Versicherung der Aufmerksamkeit durch ein die Bemühung anerkennendes Wort, und der Sprecher wird damit beginnen, seine Schilderung zu nuancieren. Bestenfalls können auf diese Weise die Fragmente langsam zu einem Ganzen wachsen. Mein Mann besitzt diese Fähigkeit. Keine Gesprächstherapie wird eine solche Liebe und Zuwendung schenken können. Durch sein Verständnis und die bedingungslose Treue kann meine verletzte Integrität von Körper und Seele neuen Anschluss ans Leben finden. In einer so tiefen Beziehung leben zu dürfen, ist eine grosse Gnade mitten in der Gnadenlosigkeit der Gewalt. Was geschieht mit jenen Menschen, die nach dem Spitalaustritt nur noch auf Ablehnung stossen und vollständig vereinsamen?

Weil im Falle eines septischen Schocks die Traumatisierung im Zustand der so genannten Bewusstlosigkeit geschieht, hat der Betroffene keine unmittelbaren Bilder davon. Es gibt aber bei weitem nicht nur visuelle Trigger. Das aggressive Piepsen einer offenen Kühlschranktür kann für einen traumatisierten Menschen ebenso einen Trigger darstellen wie der Anblick eines Flugzeugs für die Überlebende eines Absturzes. Das Fehlen von direkt zugänglichen Bildern erschwert das Sprechen, und für die Angehörigen klingen nichtvisuelle Trigger zuerst ziemlich abstrus. Die Annäherung an die Wahrheit muss über die Gefühle geschehen. Dabei kommt den Träumen eine entscheidende Rolle zu. Meine Träume sprechen eine so klare Sprache, dass ich immer wieder verblüfft bin, wohin sie mich führen. Es sind keine schönen Träume, aber wie qualvoll auch immer sie sind und wie verstört sie mich auch zurücklassen, diese inneren Filme sind der Schlüssel zu dem, was sich so unheimlich und bedrohlich in mein Leben mischt. Es wäre absolut sinnlos, diese Träume durch Alkohol, Beruhigungsmittel oder Schlafmittel wegzukillen. Auch wenn sie stören: Sie gehören zu den inneren Sprechversuchen und öffnen den Weg zum äusseren Sprechen.

Erfolg mit Folgen
Intensivmedizinische Massnahmen sind nicht damit erfolgreich beendet, dass der Beatmungsschlauch entfernt ist, der Patient wieder selbständig atmet und das Spital verlässt. Die Rückkehr ins Leben ist in den meisten Fällen nicht die Fortsetzung des abgebrochenen Lebens, sondern ein Neubeginn unter völlig veränderten Bedingungen.

Die Folgen können so gravierend sein, dass eine Rückkehr an den Arbeitsplatz nicht mehr möglich ist. Körperliche Beeinträchtigungen und eigenartige Charakterveränderungen sind für Partner schwer zu verkraften. Oft brechen Beziehungen auseinander, weil jener Mensch, für den man sich entschieden hatte, in kurzer Zeit ein ganz anderer geworden ist. Das gesamte soziale Netz kann zusammenbrechen, falls Angehörige und Betroffene keine fachliche Unterstützung in allen Lebensbereichen erfahren.

Während kaum eine Freundschaft, auch langjährige nicht, der Serie von Schicksalsschlägen standhielt, blieb mein Mann treu an meiner Seite. Zum einen kann das auf den Umstand zurückgeführt werden, dass wir in unserer Beziehung immer versuchten, nicht einfach abzuschleichen, wenn Probleme auftraten; zum anderen spielt sicher mit, dass mein Mann nie in Versuchung geriet, die heutige Gabriela mit der früheren zu vergleichen. Die Daten der früheren waren ja in seinem Gehirn durch das Virus weitgehend gelöscht, nicht aber die starke gefühlsmässige Bindung und Wertschätzung.

In der Zeit des dreiwöchigen Spitalaufenthalts und auch danach habe ich weder einen Psychologen noch einen Sozialarbeiter oder Seelsorger zu Gesicht bekommen. Niemand hat mich je danach gefragt, ob ein Gespräch für mich wichtig wäre. Im Spital erhielt ich auch keinerlei Angebot, dass freiwillige Helfer mit mir einige Schritte machen, mir aus der Zeitung vorlesen oder mit mir in die Cafeteria gehen könnten. Ich sass den ganzen Tag im Zimmer und wartete. Eine blinde Frau, die so schwer erkrankt ist, ist auf Hilfe angewiesen und auf Menschen, die ihr eine Beschäftigung ermöglichen.

In keinem Arztgespräch wurden mein Mann und ich darauf hingewiesen, dass weitere Komplikationen auftreten könnten und worauf wir deshalb besonders achten müssten. Weder ein Neurologe, noch ein Gefässspezialist oder ein Diabetologe wurden beigezogen. Ich hatte nicht etwa eine schlechte Nachbetreuung – ich hatte überhaupt keine. Und dies nach einer traumatischen Erfahrung. Hatte ich mir doch nicht einfach einen Fuss gebrochen, sondern den komplexesten totalen Systemzusammenbruch erfahren: einen septischen Schock. Wie ist es zu verantworten, einen Menschen nach dem Spitalaustritt einfach fallen zu lassen?

Intensivmedizinische Massnahmen ermöglichen nicht nur ein Weiterleben; ihre Durchführung und die Qualität der Nachbetreuung schaffen auch die Bedingungen für das weitere Leben:

Mein Mann setzte den Kugelschreiber in meiner Hand auf das Papier vor mir. Ich musste nur noch unterschreiben. Früher hatte ich meine ganze Briefpost von Hand geschrieben. Das bereitete mir grosses Vergnügen. Handgeschriebene Briefe waren authentisch: Was einmal da stand, konnte nicht wieder unsichtbar gemacht werden. Auch wer es durchstrich oder mit Korrekturflüssigkeit überpinselte, verriet sich. Das Zensierte lockte die Phantasie des Lesers umso mehr. Seit meiner Erblindung hatte die Hand ihre natürliche Bewegung beim Schreiben verloren. Fand ich nicht beim ersten Buchstaben den richtigen Winkel meines Schreibwerkzeugs, war die Sache verpfuscht. Eine Unterschrift brauchte einen bestimmten Rhythmus, eine Zügigkeit, sonst entstanden ineinander verkeilte Buchstaben, Krähenfüsse – und die waren verdächtig.

Die Unterschrift gelang auf Anhieb. Sie verriet nichts vom Entsetzen, mit dem sie auf das Dokument gebracht worden war. Ich rang nach Atem. Der Brustkasten drückte tonnenschwer gegen das Lungengewebe. Die Nabelschnur durchtrennt, die Sauerstoffversorgung gekappt. Kein erster Schrei der Erlösung. Überhaupt kein Laut. Und die messerscharfe Erkenntnis, ich könnte ob der Wucht des Schlages für immer die Sprache verlieren. Die ersten Schüttelfröste begannen. Und dann kamen die Tränen, so viele Tränen. Nie im Leben hätte ich an diesen Punkt kommen dürfen. Alles konnte man von mir erwarten, nur das nicht. Und dennoch tat ich es. Mit dieser Unterschrift hatte ich vor der Gewalt kapituliert. Mein Immunsystem würde diesem Schlag nicht lange standhalten; ich musste aufpassen. Im Stillen hatte ich gehofft, vor dieser Unterschrift sterben zu dürfen. Aber diese Gnade blieb mir verwehrt. Das Atelier war gekündigt, meine Kathedrale aus Licht.

Medizinische Gewalt
Der Begriff der medizinischen Gewalt existiert nicht. Was aber sprachlich ausgeblendet wird, ist im Bewusstsein der Menschen nicht vorhanden. Meistens werden körperliche Verletzungen durch Ärzte als so genannte Kunstfehler abgetan. Betroffene werden schnell mit der lapidaren Bemerkung abgefertigt: Menschen machen halt Fehler. In den wenigen Fällen, die nicht vertuscht werden und an die Öffentlichkeit gelangen, stehen rechtliche Aspekte im Vordergrund.

Medizinische Gewalt hat viele Ursachen und Erscheinungsformen. Neben Fehleingriffen bei Operationen und Untersuchungen, den Verwechslungen von Medikamenten und Diagnosen, können auch fehlende oder ungenügende Informationen auf Beipackzetteln von Medikamenten schwerwiegende und tödliche Folgen haben. Es gibt keine expliziten Anlaufstellen für Opfer medizinischer Gewalt. Die Ombudsstellen der Spitäler sind mit betriebseigenen Angestellten besetzt, so dass ein offenes Gespräch nicht möglich ist. Patientenschutzorganisationen können erst beigezogen werden, wenn der Schaden schon angerichtet ist. Angehörige und Betroffene werden allein gelassen, weil Gewalterfahrung auch im privaten Kreis noch immer ein grosses Tabu ist. Die meisten Versuche, über die Erlebnisse zu sprechen, scheitern.

Die grausamsten und systematischsten Auswüchse medizinischer Gewalt erlebten Menschen zur Zeit des Nationalsozialismus. Viele der an den Gräueltaten beteiligten Ärzte konnten nach Ende des Zweiten Weltkriegs ohne Verurteilung ungehindert ihren Beruf weiter ausüben. Die überlebenden Opfer erhielten keine Entschädigungszahlungen.

Medizinische Gewalt hinterlässt nicht immer sichtbare Spuren. Das macht sie unheimlich und schwer erkennbar:

Man kann in ein Gehirn einbrechen wie in eine Villa. Man kann ihm das Bewusstsein stehlen, den lebenswichtigen Schlaf-Wachrhythmus, den eigenen Willen und sonst allerlei Kunstschätze. Man kann sogar den Safe knacken, in dem die Träume und das eigene natürliche Sterben liegen. Man kann dies alles tun, ohne Spuren der Gewalt zu hinterlassen. Man muss einen Menschen nur mit genügend Narkosemittel in ein künstliches Koma versetzen. Diese Art

Einbruch wird nicht geahndet. Die gestohlenen Wertsachen tauchen in keinem Händlerring oder auf keinem Schwarzmarkt wieder auf. Wird ein Picasso geklaut, gibt es ein Riesengeschrei. Wird ein Bewusstsein gekidnappt, zahlt nur jemand das Lösegeld: der Gekidnappte selber. Manchmal zahlt er oder sie mit echtem Leben und erhält dafür ein künstliches zurück. In diesem künstlichen Leben setzt sich das künstliche Koma fort. Längst ist man in den Augen der Mitmenschen erwacht. In Wahrheit aber nicht zum Leben, sondern zum zweiten Sterben.

Medien

Tabus traf ich nicht nur im Zusammenhang mit den intensivmedizinischen Massnahmen an, sondern auch als ich mit meiner HES-Erfahrung an die Öffentlichkeit treten wollte. Das Schweizer Fernsehen annullierte anfangs Mai 2013 die Ausstrahlung eines fertig gedrehten Rundschauberichts, in dem ich die lebensbedrohlichen Gefahren der HES-Infusionen thematisierte, um auf dieses Tabu hinzuweisen. Ich bin ja kein Einzelfall, sondern eines der zahlreichen Opfer weltweit. Es muss davon ausgegangen werden, dass ich eine der wenigen Betroffenen bin, die um die Verabreichung von HES überhaupt wissen und deshalb darüber sprechen können. Die Zahl der Menschen, die eine Sepsis erleiden, nimmt auch in der Schweiz rasant zu. Im Beitrag nahmen Ärzte aus dem Inselspital Bern, dem Unispital Zürich und der Hirslandenklinik Luzern sowie Swissmedic Stellung. Erst auf meine zweifache Intervention an höchster Stelle mit der Bitte, den Beitrag zumindest bei SRF online zu schalten oder mir zur Verfügung zu stellen, kam endlich ein Gespräch zustande. Dieses kreiste um die Angst, eine Klage am Hals zu haben, die sehr kostenintensiv werden könnte. Das Gespräch konnte jedoch meinen Verdacht nicht entkräften, dass jemand auf meine Kosten seine Macht missbrauchte, um eigene Interessen durchzusetzen. Ich habe mir den Beitrag bis heute nie anhören können; meiner Bitte, diesen online zu schalten, wurde nicht stattgegeben. Alle weitern Versuche, die Medien für diese Tragödie zu interessieren, scheiterten. Niemand wollte sich mit der korrupten Pharmaindustrie anlegen. Dieses Redeverbot traf mich schwer, hatte ich doch gerade mühsam die Fähigkeit des Sprechens zurückerobert. Beinahe hätten mir die Ignoranz und Arroganz der kontaktierten Menschen wieder die Sprache verschlagen. Aber ich schwieg weiterhin nicht. Als die EU das Verbot für die Anwendung von HES aussprach, verschwiegen jene Medien, die überhaupt darüber berichteten, viele Fakten. Die nachstehende von mir verfasste Reaktion an die NZZ wurde nicht abgedruckt. Sie ist von den Schriftstellern Paul Celan und Katja Petrowskaja inspiriert.

«Wir taten ein Schweigen darüber, giftgestillt...»
(Paul Celan)

Reaktion auf die Berichterstattung zum Verbot von Hydroxyethylstärke HES, NZZ, 30. Oktober 2013:

Ein einziger Satz hakt eine Million Tote ab. Unzählige Sätze erklären den medizinischen Irrtum. Die Täter haben keine Namen und keine Herkunft, aber die Bewilligung, noch etwas auf dem Markt zu bleiben. Das Schweigekartell lebt durch Abstraktion und Prozessdrohungen. Eine Million Tote, kein Entsetzen, kein Bedauern. Sang- und klanglos Verschwundene, ohne Wissen vom Gift. Kein Schicksalsschlag: nein, tödliches Tun. Von skrupellosen Pharmakonzernen und lethargischen Zulassungsbehörden dem Tod in die Hände gespielt. Und noch immer fällt den Mördern keiner ins Wort. Aber jemand hat am Fenster gestanden.

Rechtliche Aspekte
Wenn die Opfer medizinischer Gewalt nicht nur körperliche und seelische langjährige Schädigungen erleiden, sondern auch noch in eine finanziell prekäre Lage geraten, ist der Weg vor Gericht für sie oder die Angehörigen wahrscheinlich unabdingbar. Für viele Betroffene kann die rechtliche Anerkennung eines Unrechts ein entscheidender Bestandteil der Verarbeitung und einer Wiederherstellung der Würde bedeuten.

Unser Rechtssystem schützt in erster Linie die Täter. Ein Täter unterliegt so lange der Unschuldsvermutung, bis das Gegenteil bewiesen ist. Das Opfer muss diese Beweise erbringen können. Dies kann genauso demütigend sein wie der Übergriff selber. Mitzuerleben, wie ein intimes Geschehen durch Abstraktion zu einem Fall wird, den man in einem Paragraphen unterbringen kann oder nicht, kann die Grenze des Zumutbaren überschreiten.

Wer als Patient vor Gericht geht, braucht finanzielle Mittel und die körperliche und seelische Kraft, grossen Belastungen standzuhalten. Prozesse gegen Ärzte, Spitäler oder Pharmaunternehmen dauern Jahre und sind zermürbend. Die Verfahren enden oft mit einem Vergleich.

Weil zum Zeitpunkt der Verabreichung das HES-Produkt Voluven von Swissmedic noch bedingungslos zugelassen war, hätte eine Klage meinerseits kaum eine Chance. Die von einem Gutachten bestätigte Kausalität zwischen der Verabreichung von HES und meinen Nierenschäden würde zudem bestritten, da es sehr schwierig oder sogar unmöglich ist, in einem so komplexen Systemzusammenbruch wie dem septischen Schock eine einzige Ursache auszumachen. Eine grosse Plausibilität, wie sie mir zugesprochen wird, reicht dem Gericht nicht.

Anders steht es im Fall der missachteten Patientenverfügung. Das Schweizer Zivilgesetzbuch enthält mehrere Artikel, die den Umgang mit einer solchen rechtlich regeln. Grundsätzlich gilt: Ein Intensivmediziner darf alle Massnahmen ergreifen, die nicht explizit in der Verfügung aufgelistet sind. Bei einem septischen Schock genügt es nicht, wenn man festgehalten hat, dass man keine Reanimation erlaubt. Es muss auch stehen, dass man nicht intubiert und künstlich beatmet, ins künstliche Koma versetzt und durch eine Magensonde ernährt werden will. Ebenso ist der Verzicht auf eine Nieren- und oder Leberdialyse zu vermerken. Da immer neue Massnahmen entwickelt und angewandt werden, von denen der durchschnittliche Mensch überhaupt nichts weiss, können die Patientenverfügungen nicht mit der Realität Schritt halten. Ein Restrisiko bleibt bestehen. Aktuelle Umfragen zeigen zudem, dass viele Ärzte aller Disziplinen Patientenverfügungen als unverbindlich betrachten. Zum einen sprechen sie den Patienten die Kompetenz ab, entscheiden zu können, was für sie richtig ist, zum andern sind gerade Halbprivat- oder Privatpatienten ökonomisch so interessant, dass die Durchführung intensivmedizinischer Massnahmen auch im Endstadium einer unheilbaren Krankheit für einen Spitalbetrieb Profit bringend ist. Es ist wirklich an der Zeit, dass in der Gesellschaft über eine Ethik des Helfens diskutiert und verbindliche Richtlinien geschaffen werden, die der Arroganz, der Profitgier und dem Machtmissbrauch in den Spitälern Einhalt gebieten.

Zum aktuellen Zeitpunkt erwäge ich keine Klage. Ich bin mitten in der Verarbeitung und habe noch nicht genügend zeitliche Distanz zu den Ereignissen. Ich verfüge auch nicht über die körperliche Kraft für einen jahrelangen Streit gegen einen Übergriff, dessen Tragweite kein Gerichtsentscheid je erfassen kann. Die rhetorischen Vertuschungsmanöver in einem Prozess würden der Perversion des Erlebten nur noch eine weitere hinzufügen. Schadenersatzzahlungen stellen für mich keine Wiedergutmachung dar.

Eine Verhaltensänderung und Einsicht kann nicht juristisch erzwungen werden. Kaum ein Arzt wird je einen Fehler zugeben, denn er würde dadurch seine Karriere gefährden, allenfalls den Job verlieren, und keine Haftpflichtversicherung würde ihn weiterhin versichern. Diese Tatsachen tragen nicht zu ehrlichem Verhalten bei. Korrupte Systeme sind intransparent und repressiv. Das Gesundheitssystem entwickelt sich unter der Diktatur des Geldes bedenklich schnell zu einem solchen. Es greift zu kurz, einen einzelnen Akteur dieses Systems zu bestrafen, wenn aus wirtschaftlichen Interessen Betriebsstrukturen geschaffen und gestützt werden, die Übergriffe und Fehler unaufgedeckt tolerieren. Der Friedensforscher Johan Galtung spricht in diesem Zusammenhang von struktureller Gewalt. Wenn in zehn Jahren unzählig viele Menschen an HES sterben, kann kein Einzeltäter ausgemacht werden. Ganze Systeme haben den Mythos des Wundermittels gestützt und gefördert. Es hat mich erstaunt, dass ausser Dr. Konrad Reinhard vom Sepsiszentrum des Universitätsklinikums Jena kein Arzt, der in gutem Glauben jahrelang HES eingesetzt hat, sich öffentlich darüber empört und bedauert, dass er zum Handlanger eines korrupten Systems geworden ist. Auch Schweigen kann Ausdruck struktureller Gewalt sein.

Solange Intensivmediziner uneingeschränkt nach dem Grundsatz handeln können «In meiner Schicht stirbt keiner» und Ärzte Boni erhalten, wenn sie dem Spital Dialyse- oder Transplantationspatienten bringen, werden Menschenrechte weiterhin mit Füssen getreten.

Im Fluchtpunkt

Medizinische Hintertür
Dann bist du jetzt dialysepflichtig? Gehst du schon an die Dialyse? Wirst du transplantiert? Das sind immer die ersten Fragen, die meine Niereninsuffizienz bei andern wachruft. Sie kommen so selbstverständlich wie der Gedanke, bei heissem Sommerwetter im See zu baden.

Was für diese Menschen die Lösung gesundheitlicher Probleme bedeutet, ist für mich alles andere als eine tröstende Perspektive. Nie im Leben werde ich meinen Körper noch einmal an Schläuche hängen. Nur schon beim Gedanken an ein Spital und eine Narkose bekomme ich Gänsehaut und Herzflattern. Haben sie denn gar nichts verstanden? Der Gedanke, dass man immer noch etwas tun kann, sich immer wieder eine Tür öffnet, der Tod gleichsam eine Hintertür hat, kommt reflexartig, wenn das Lebensende in Sicht ist. Dass es immer eine solche Tür gibt, wird den Menschen ja auch zur Genüge vorgegaukelt. Alles ist machbar geworden. Diesem Glauben opfern Schwerkranke und ihre Angehörigen alles, auch ihre Würde. Für mich ist der Gedanke, dass ich an ein Dialysegerät von Fresenius gehängt werde, absolut unmöglich. Dasselbe Pharmaunternehmen, das eine Infusionslösung herstellt, die meine Nieren zerstört, sollte also auch noch von meinem Gang an die Dialyse gewinnbringend profitieren? Das ist so pervers und demütigend, dass ich keine Sekunde daran zweifle, dies nicht zu tun. Wer von denjenigen, die einen quälen, auch noch Heilung erwartet, ist sich – so Arno Gruen – selber völlig entfremdet.

Wenige sind zu jenem angstfreien Bewusstsein erwacht, das ihnen jene Entscheidungsfähigkeit zurückgibt, die sie an Mediziner und Maschinen delegiert haben. Um richtig entscheiden zu können, müssen wir wissen. Während wir bei einer schweren Diagnose sofort eine Palette von Therapien und Behandlungen serviert bekommen, bleibt eine Option immer ausgeblendet: jene des Nichtstuns. Fast nie bietet ein Arzt an, dass auch der Entschluss, auf alle weiteren Massnahmen zu verzichten, eine Möglichkeit ist, die er unterstützen wird, und deshalb genauso viel Aufmerksamkeit bekommen sollte. Dies ist umso erstaunlicher, weil 50 Prozent aller medizinischen Massnahmen nicht evidenzbasiert sind, also nicht gesichert ist, dass der Nutzen grösser ist als die Nebenwirkungen. Man weiss heute, dass im Endstadium einer Krebserkrankung der Verzicht auf weitere Therapien die Lebensqualität und Lebensdauer beträchtlich positiv beeinflussen kann. Für Menschen, die diesen Weg einschlagen, gibt es in den Spitälern oft keinen Platz. Als Austherapierte werden sie einfach ihrem Schicksal überlassen. Wer keine Angehörigen hat, die die Pflege übernehmen können, landet auch in jungen Jahren im Pflegeheim. Wenn man wie ich nicht in einem Pflegeheim oder Spital sterben will, wird es problematisch. Einen Aufenthalt in einem Hospiz können sich nicht alle leisten, denn die Krankenkasse trägt nur einen Teil der Kosten.

Ausklang

Ich bin sehr vorsichtig im Gebrauch des Begriffes Nahtod. Zu oft wird er heute vermarktet oder von esoterischen Kreisen mit der Aura des Wunders und der Bekehrung ausgestattet. Für mich sind Nahtoderlebnisse Teil des kollektiven Gedächtnisses der Menschheit und somit archetypische Bilder und Ausdrucksformen. Inmitten der totalen Auflösung der physischen Systeme erleben sich Menschen als ganz und heil. Dabei ist nicht zu vergessen, dass Nahtoderlebnisse, wie Gian Domenico Borasio bemerkt, nur von Menschen gemacht werden, die unter starken Medikamenten stehen: bei Unfällen, während Operationen und im künstlichen Koma. Wer natürlich stirbt, berichtet über keine solchen Erfahrungen.

Ein Ausstellungsbesuch führte mich einige Monate nach dem Spitalaustritt in ein Erlebnis zurück, in dem mein Körper und meine Seele trotz aller Gewalterfahrungen ihre Integrität bewahrt hatten, und das in mir die unerschütterliche Gewissheit bildet, dass nicht das Sterben grausam ist, sondern die Art und Weise, wie unbefugte Menschen in diesen Prozess eingreifen. Wenn ich, wie ich es mir wünsche, zu Hause oder in einem Hospiz sterben kann, werde ich jenen Schutz erhalten, der mir versagt geblieben ist:

Ich bin im Bauch von Afrika angekommen. Die Könige aus Benin, Kongo und Kamerun mit offenen oder halboffenen Augen blicken in mich hinein. Ich taste mich durch sie hindurch. Königreiche unter der Erde. Ich grabe in meinen Erinnerungen. Da war ich schon einmal. Hinabgestiegen in das Reich des Todes. Keine Schwellenangst, ganz selbstverständlich, schlicht und klar eine verborgene Präsenz. Die gleiche Ehrfurcht. Ich bin daheim. Der König hält eine Trommel in den Händen. Ein weiterer spielt Flöte. Trommel und Flöte, Insignien der Macht? Keine Waffen, keine Zepter oder Falken. Ein trommelnder König. Ich bin fasziniert von dieser Poesie. Diese Könige sind Türsteher für sakrale Räume, Musik ist die Tür zum Raum dahinter. Wem gehört ihr Lied? Die letzte Skulptur: fast so gross wie ich. Ein *face to face*. Ein Gesicht ist dann schön, wenn es beseelt ist. Ich kann mich dieser Beseelung nicht länger entziehen. Wir können den Raum hinter der Schwelle nicht selber betreten. Jemand holt uns ab.

 (10. Mai 2012, Museum Rietberg: Helden – ein neuer Blick auf Afrika)

Verwendete medizinische Begriffe

No cpr
Keine Herz- Lungenwiederbelebung. Erneuerbarer Hautstempel, mit dem man festlegt, dass man keine Reanimation will. Erhältlich bei www.onlinestempel.ch

Dialyse
Maschine, die das Blut entgiftet. Ein Nierenkranker muss dafür jeden 2. Tag mehrere Stunden ins Spital. Meistens ist die Dialyse die Vorstufe einer Transplantation.

Expander
Infusionsflüssigkeit, die grosse Flüssigkeitsverluste im Blutkreislauf ausgleicht.

HES
Der Blutexpander HES, Kürzel für Hydroxyethylstärke, ist seit 40 Jahren in Gebrauch und gehört zu den am häufigsten verwendeten Mitteln in der Notfallmedizin, ohne je ein geregeltes Zulassungsverfahren durchlaufen zu haben. Vor einigen Jahren tauchten erste Vermutungen auf, dass die Infusionsflüssigkeit bei septischem Schock mehr Schaden bringt als Nutzen. HES blieb jedoch uneingeschränkt auf dem Markt. Verantwortlich dafür waren u.a. gefälschte Studien eines Anästhesisten namens Boldt, der in Deutschland als Marketingbeauftragter der Firma Fresenius Kabi erfolgreich für das HES-Produkt Voluven warb: Fresenius Kabi rühmt sich, über 30 Millionen Patienten mit Voluven erfolgreich behandelt zu haben.

Wie ein Artikel im Spiegel zeigt, war die Schädlichkeit von HES bei septischem Schock zum Zeitpunkt meiner Hospitalisierung längst erwiesen. Einzelne Spitäler wie das Inselspital Bern hatten damals schon das Produkt aus dem Sortiment entfernt, weil es nicht nur die Nieren schädigt, sondern auch starken, über Jahre dauernden Juckreiz verursacht. Die Heilmittelbehörde Swissmedic liess das Produkt uneingeschränkt weiterhin zu.

Zwei grössere Studien lieferten im Sommer 2012 eindeutige Beweise für die Schädlichkeit von HES bei septischem Schock. Heute ist erwiesen, dass sich bis zu 30 Prozent der Infusionsflüssigkeit in den Nieren und andern Organen einlagern und nicht abgebaut werden können. Jeder Mensch, der die HES-Infusionen im septischen Schock bekommen hat, trägt das doppelte Risiko in sich, entweder sofort daran zu sterben oder in der Folge eine tödlich verlaufende Niereninsuffizienz zu entwickeln. In den letzten zehn Jahren starben weltweit eine Million Menschen an HES; zwei Millionen wurden dialysepflichtig. Wenn diese Zahlen auch von einigen Ärzten bestritten werden, so geben sie doch das Ausmass der Tragödie wieder. Jeder Mensch, der an HES gestorben ist, ist einer zuviel. Bis heute wird dafür niemand zur Verantwortung gezogen. Dialysepflichtige Opfer haben keine Ahnung von der wirklichen Ursache ihres Leidens. Fresenius ist nicht nur einer der grössten HES-Profiteure, der Pharmakonzern ist auch führend in der Herstellung und dem Vertrieb von Dialysegeräten.

Im Fluchtpunkt

Es ist unter anderem der Hartnäckigkeit von Dr. Konrad Reinhart und seinem Team in Jena zu verdanken, dass die EU im Oktober 2013 entschied, HES sei bei septischem Schock nicht mehr zugelassen. Die schweizerische Heilmittelbehörde Swissmedic hat in dieser Sache keinen Finger gerührt und sich allein mit Zuwarten begnügt.

Hospize
Institutionen, die sich um Sterbende und ihre Angehörigen kümmern. Eine Übersicht über die in der Schweiz vorhandenen Hospize enthält die Website www.palliative.ch

Juveniler Diabetes
Zuckerkrankheit, die im Kindes- oder Jugendalter ausbricht, auch Typ I genannt, und die lebenslängliche Insulin-Injektionen erfordert.

Kreatinin
Laborwert des Blutes, der über die Nierentätigkeit Auskunft gibt. Je höher der Wert, desto grösser die Zerstörung in den Nieren.

Künstliches Koma
Ein durch Verabreichung von Narkosemitteln bewusst herbeigeführter Tiefschlaf, der einem lebensbedrohlich geschädigten Körper ermöglichen soll, sich besser zu erholen. Das künstliche Koma dauert im Schnitt 5 Tage. Der Patient wird künstlich beatmet und künstlich ernährt, teilweise auf bis zu 32 Grad heruntergekühlt. Die Muskeln sind gelähmt.

Nekrose
Absterben von Körpergewebe

Niereninsuffizienz
Nierenversagen. Fortschreitende Zerstörung in beiden Nieren, die sich in 5 Stufen vollzieht und tödlich endet. Der Zerstörungsprozess kann teilweise durch den Einsatz einer Dialyse oder einer Organtransplantation eine gewisse Zeit überbrückt werden.

Ödeme
Flüssigkeitsansammlungen im Gewebe

Pigtails
Schweineschwänze. Kleine Röhrchen mit geschwungenem Ende, die in die Blase gelegt werden.

Posttraumatische Belastungsstörung (PTBS)
Körperliche und seelische Symptome, die nach einem Trauma auftreten und über Jahre bestehen bleiben können. Sie treten in unterschiedlicher Ausgestaltung und Intensität auf und werden psychotherapeutisch behandelt, wenn sie die Lebensqualität stark beeinträchtigen.

Rocephin
Antibiotikum

Septischer Schock
Endstufe einer Blutvergiftung. Bakterien verlassen ihren ursprünglichen Entzündungsort und gelangen in den Blutkreislauf. In kurzer Zeit verbreiten sie sich in allen Organen und vergiften diese lebensbedrohlich. Werden keine intensivmedizinische Massnahmen ergriffen, stirbt der Mensch innerhalb weniger Stunden. Eine intensive Antibiotikatherapie ist unerlässlich. Die Todesrate bei septischem Schock ist ausgesprochen hoch.

Sepsis
Blutvergiftung, meist durch Bakterien verursacht.

Swissmedic
Schweizerisches Heilmittelinstitut mit Sitz in Bern. Erlaubt unter anderem die Zulassung von Medikamenten.

Trauma
Bewusste oder unbewusste seelische und körperliche Reaktion auf ein Gewalterlebnis, dem man hilflos ausgeliefert ist.

Trigger
Auslöser einer Erinnerung. Der Betroffene taucht wehrlos in eine erlebte Situation ein, eine Art unkontrollierbarer Flashback.

Voluven
HES-Infusionen von Fresenius Kabi

Im Fluchtpunkt

Seele: Rückbindungen

Himmelsleiter

Die Richtung stimmt
der Tritt fasst keinen Fuss
auf den Stegen der Gebrochenen
angelt sich empor
das Quere in der Seele

Worte

Worte legte ich in eure Hände
einige falteten sie zu Gebeten
andere zu Bündeln
wortlose Worte reimte sich
mein Schweigen zusammen
auf dass es sich sammle
an Stätten der Erinnerung
am Anfang steht das Wort
am Ende die Stille
sie schützt uns vor dem Verstummen

Am Gefrierpunkt

Was strahlt in den Lichtern der Ewigkeiten
wenn keine Träne sich rührt
in den Augen der Gewaltsamen
Ausdrucksleere des Erstarrten
Knistern des Eingefrorenen
wer wird lösen den starren Bann
Tauet Himmel den Gerechten

Schlafende Augen

Sie legten mich zwischen die Zeilen und Zeiten
im Dunkel der Abgründe
schlummerten schlafende Augen
zu schauen im schwarzen Licht

Ohne Grab

Eine Tote bin ich
ohne Grab
weiss nicht wohin
sie mich gelegt
kann mich nicht finden

Mohnblütenöl in deiner Hand
wider mein Vergessen
Ortlos musste ich werden
dich zu finden

Baue mir eine Arche

Wenn das Wasser mir bis zum Hals steht
und ich an mir ertrinke
Baue mir zum Schutz eine Arche
mit einem Zimmer für
meine Meerschweinchen
den Inka-Kakadu
und den Leoparden

Vergiss nicht das GPS der Liebe
damit die Taube dich findet
dir zu berichten
von meiner Ankunft
im verheissenen Land

Nachtsam

Das Licht
das sich einbildet
und sich ausmalt
in der gezeichneten Nacht
bin ich nachtsam geworden

Neben Tschingolero und Strulli gehört Obadja Humpading zu den Helden in den fantasievollen Geschichten, die mir mein Vater jeweils vor dem Einschlafen erzählte. Im Laufe der 50 Jahre, in denen wir gemeinsam unterwegs waren, traten sie mehr und mehr in den Hintergrund. Die Lust am Fabulieren und schöpferischen Gestalten ging uns beiden jedoch nie verloren. Die Vater-Tochter Beziehung verwandelte sich immer mehr in eine Freundschaft unter Künstlern. Eine Freundschaft, die nichts erwartend sich verschenkt. Diese Verbundenheit erreichte ihre tiefsten Dimensionen, als ich selber ein Opfer von Gewalt wurde. Im Gegensatz zu meinem Vater hatte ich jedoch einen Vorteil: Ich machte diese Erfahrung als reife Persönlichkeit. Im Laufe meines Lebens konnte ich Vertrauen zu den Menschen aufbauen und deshalb mit einem Vertrauensvorsprung auf sie zugehen. Wer jedoch wie mein Vater Gewalt im frühsten Kindesalter wiederholt erfährt, muss sein Leben lang um dieses Vertrauen ringen. Das Wissen um die Grausamkeit menschlichen Tuns hat uns zu Verbündeten gemacht. Wir haben nie darüber gesprochen. Das war nicht nötig. Im Januar 2013 ist mein Vater gestorben. In der Nacht vor seinem Tod träumte ich von ihm. Er sah mich lächelnd an und sagte: Der Liftboy zum Himmel heisst Obadja Humpading.

Literaturempfehlungen
Borasio Gian Domenico, Über das Sterben, München 2011
Drewermann Eugen, Wir glauben, weil wir lieben, Ostfildern 2010
Gruen Arno, Dem Leben entfremdet, Stuttgart 2013
Lahens Yanick, Failles, Paris 2010
De Montalembert Hugues, Der Sinn des Lebens ist das Leben, Köln 2011

Zeitungsartikel zum Thema HES online abrufbar:

www.badische-zeitung.de (29.10.2012)
HES: Eine Infusionsflüssigkeit steht unter Verdacht

www.faz.net (10.10.2013)
Infusionen mit «Hes» Viele Risiken – aber keine Vorteile

www.nzz.ch (30.10.2013)
Grosse Risiken, kaum Vorteile

Dank
Ich danke meinem Mann und Verena Gautschi für die Mithilfe an den Manuskripten.

Gestaltung
Jeanine Ueberschlag